「では行くぞ、〈白銀の付与魔術師〉ッ！」
VS騎士団長

月下のダンスは
3人だけの秘密の時間――
クロ（小鳥遊黎乃）
ソラのことが大好きな、〈黒姫〉と呼ばれる天才剣士の少女。とある事情で行方不明となった両親を探している。

アリア
ユニーククエストのキーキャラである風精霊の国の皇女。<暴食の大災厄>を倒すための、ある重要な役割を負っているが…
ソラ（上條蒼空）
魔王によって美少女に変えられてしまった廃人ゲーマー。<暴食の大災厄>を倒すべく、クロ・アリアと共に試練に挑む。

美少女たちと
ドキドキお風呂タイム!?

アストラル・オンライン 2

魔王の呪いで最強美少女になったオレ、
最弱職だがチートスキルで超成長して無双する

神無フム

HJ文庫
1060

口絵・本文イラスト　珀石碧

CONTENTS

プロローグ◆神を自称する少女

世界で最もプレイ人口の多い、ＶＲＭＭＯ〈アストラル・オンライン〉。

この超人気《ちようにんき》ゲームでオレ――上條蒼空《かみじようそら》は、開幕早々に魔王《まおう》の呪《のろ》いを受けてゲーム内だけではなく、リアルでも平凡《へいぼん》な男子高校生から銀髪碧眼《ぎんぱつへきがん》の少女に性転換《せいてんかん》してしまった。

正直に言って普通《ふつう》の人間からしてみたら、ありえない事だし嘘《うそ》つきだと言われてもしょうがないレベルの内容である。

だけど目の前にいる妹弟子《でし》のクロこと小鳥遊黎乃《たかなしくろの》は、あっさり受け入れてくれて「どっちのソラも好きだよ」とまで言ってくれた。

その事が嬉《うれ》しくて、彼女《かのじよ》との会話につい夢中になっていると、

――急に家全体が激しく震動《しんどう》して、危《あや》うくベッドから転倒《てんとう》しかけた。

「きゃ……!?」「クロ、危ない！」バランスを崩《くず》して倒《たお》れそうになる黒のメッシュと白金《しろがね》髪《がみ》の少女を、とっさに抱《だ》き寄せて自分が下になる形で床《ゆか》に転がった。

背中を打ち付けて少しだけ息が詰《つ》まるけど、そこまで深刻なダメージはない。

次に家具が倒れる事を心配するが、地震《じしん》は最初の一回だけだったらしく先程《さきほど》の大きな揺《ゆ》れがウソだったかのように静まり返っていた。

「……ふう、なんとか大丈夫《だいじょうぶ》だったな。……クロ？」

「ひゃ、ひゃい！」

お互《たが》いの吐息《といき》が掛《か》かるくらいの距離《きより》感に彼女は恥《は》ずかしくなったのか、頬《ほお》を真っ赤に染めて何やら慌《あわ》てた様子で身体の上から退いた。

パッと全身を見たところ、真白な肌《はだ》に怪我《けが》はしていないようだった。

胸を両手で押《お》さえるクロの姿に一安心しながら、オレは両手を床に着いて起き上がる。

すると今度は、外から誰《だれ》かの叫《さけ》び声が聞こえた。

……もしかしたら、先程の地震の影響《えいきよう》で誰か怪我でもしたのだろうか。

カーテンで遮断《しやだん》している外の様子を、クロと一緒《いつしよ》に恐《おそ》る恐る窺う。そして目の前に広がっている衝撃的《しようげきてき》な景色を見て、思わず言葉を失った。

最初に目に留《と》まったのは――『木』だった。

だけど木なんてものは、日本では大概《たいがい》どこにでもあるものだ。街の中にあったとしても、普通は大して注目するような物ではないのだが……。

視線の先にある『木』は、誰が見ても明らかに普通ではなかった。

歩道のど真ん中に生えている。それも一本だけではなく、まるで無秩序《むちつじょ》にランダム生成したかのように。

見える範囲内《はんいない》では、数十本ほど確認《かくにん》する事ができた。

木の大きさは目測で、およそ十メートル程度。

よく観察していると、全体から淡《あわ》い光の粒子《りゅうし》を放っている事に気が付く。

「……って、アレはまさか？」

「……精霊《せいれい》の木に似てるね」

隣《となり》で見ていたクロが、オレの呟《つぶや》きに即答《そくとう》した。

そうだ、間違《まちが》いない。

真っ暗な森の中を歩いている時に何度も見ていた、あの木と全く同じ特徴《とくちょう》がある。

でもどうして、ゲームの中にあるモノが現実世界に出現したんだ。

魔王の呪いで性転換した自分と違い、精霊の木が出現した理由には心当たりがない。何も知らない人々と同じように、目の前で起きている異常現象に困惑《こんわく》していると。

「お兄ちゃん、黎乃ちゃん！　今すぐ一階に降りて来て！」

部屋の扉《とびら》を勢いよく開けて、妹の詩織《しおり》が中に入って来た。

クロと目を合わせて頷《うなず》くと、三人で一階に向かう事にした。

階段を下りて到着《とうちゃく》したリビングには、父親が購入《こうにゅう》した大型の薄型《うすがた》テレビがある。その液《えき》晶《しょう》画面には、世界中の首脳達《たち》が集まった会議場の映像が映し出されていた。

テレビを見たオレは、その中にある異様な光景に思わず息を呑《の》んだ。

世界のトップ達がいる場に、——一人の白い少女が立っている。

穢《けが》れのない白い長髪《ちょうはつ》と金色の瞳《ひとみ》、肌は真っ白で純白のドレスを身に纏《まと》っている。パッと見た感想としては、どこかのお姫様《ひめさま》みたいだった。

どうして世界会議の場に、あんな美しい少女がいるのだろう。

疑問に思うけれど、会議場にいる全ての者達は口を閉ざし彼女を注視している。その様子はまるで、託宣《たくせん》を待つ信徒のような不思議なものだった。

スーツ姿の大統領達よりも、圧倒的《あっとうてき》な存在感を放つ少女は桜色の唇《くちびる》をゆっくり開き。

『——初めまして、人類の皆様《みなさま》。私の名前はエル・オーラム。この世界を管理する神です』

白髪《しらが》の少女は優《やさ》しく、そして目が離《はな》せなくなるほどの引力のある微笑《ほほえ》みを浮かべる。そしてテレビの前に立つ自分達に自己紹介《しょうかい》をした。

（……神様って、ウソだろ？）

まさかそんなのが、現実に存在するはずがない。

彼女の言葉を聞いたオレは、直《す》ぐに疑いの目を向ける。だけど会議の場に居合わせている者達は、誰もその言葉に対し疑問を挟《はさ》んだりしなかった。

それどころか世界各国の首脳達は、まるで本物の神様を崇《あが》めるように全員その場に跪《ひざまず》いてエルに頭を垂れる。

その不気味な光景を見て、オレは普通ではないと思った。

少なくとも自分には、彼女がそんな崇めるような存在には見えなかった。確かに容姿は美しいけど、強《し》いて挙げられるのはそれだけだ。

まさか洗脳的な力でも持っているのか？

……だけどオレはそんな気持ちは全く抱いていないし、隣にいるクロと詩織にも神様を崇めるような素振《そぶ》りは見られない。

でもなんだ。この懐《なつ》かしい感覚は。

不思議なノスタルジーを感じていると、不意に両腕《りょううで》に誰かがしがみ付いて来る。

チラリと左右を見たら、クロと詩織が怯《おび》えた様子で腕《うで》にくっ付いていた。

二人が不安になるのは、十分に理解できた。

誰だってあんな光景を見たら、恐ろしいと思うに決まっている。

オレにできる事は「心配するな」と何の根拠《こんきょ》もない励《はげ》ましの言葉を投げかけて、少しでも二人の不安を和《やわ》らげるくらいだった。

再びテレビに向き直ると、液晶画面の向こう側にいる少女は跪く人達を無視しながら、自身がこの世界に現れた理由を説明した。

『――私が下界に降りたのは、この世界と人類を今起きている災厄《さいやく》から守る為《ため》です。先《ま》ずはこちらをご覧ください』

エルはそう言って、右の人差し指で軽く何もない空間をタッチする。

すると一体どういう原理なのか、世界各国を上空から映し出した映像が出現した。その映像では、街中に出現した大量の樹木が確認できる。

各国の軍が懸命《けんめい》に除去作業を行っているようだけど、一般《いっぱん》の重火器や爆発物《ばくはつぶつ》は『精霊の木』には全く効いていない様子だった。

火炎《かえん》放射器すら通じないとは、アレは完全に現実の理から逸脱《いつだつ》している。

とんでもない光景に言葉を失くしていたら、エルはカメラに向かって説明をした。

『この世界に現れた樹木は『精霊の木』という名です。これは今月リリースされたVRMMORPG〈アストラル・オンライン〉と、この世界がリンクした事によって発生しました。放置していたら世界はその内、あの『精霊の木』に覆《おお》われ人の住める地ではなくなるでしょう』

彼女がもたらした情報に、テレビの向こう側にいる全ての者達は激しく動揺《どうよう》した。

全員慌てた様子で「全国でのゲームの発売を止めろ！」「全て回収して処分しよう！」と声を荒《あら》らげるけど、エルが手を上げてそれを制止する。

『落ち着いてください。一度繋《つな》がってしまった以上、世界中のプレイヤーからソフトを回収して処分したとしても効果はありません。むしろ対処法を失うだけです』

その言葉に人々は閉口して、会議場を再び静寂《せいじゃく》が支配する。

余裕《よゆう》の表情を崩さないエルを眺《なが》めながら、オレは胸中で思う。

……予想はしていたけど、やはりあのゲームが関与《かんよ》しているのか、と。

それを知っているという事は、考えられるのは彼女が本物の神か或《ある》いは〈アストラル・オンライン〉の何らかの関係者である事を意味する。

世界の首脳達に崇められ、そして不思議な力を行使する白の少女。

エル・オーラム、彼女は一体何者なのだ。

「ソラ……あの騎士《きし》さん、だれ？」

「は……なんだ、あれは……!?」

疑問を抱きながらテレビを睨《にら》みつけていたら、クロに指摘《してき》されて気が付く。

白い鎧《よろい》の西洋騎士が、いつの間にかエルの隣に立っていた。

しかも騎士は、宙に浮《う》いている映像の中にも何人か確認できる。

彼《かれ》らは剣《けん》や槍《やり》など様々な武器を手にして、街に出現した『精霊の木』を次々に切り倒して光の粒子に変えていく。

世界中で伐採《ばっさい》作業を行う騎士達《たち》の姿に、エルは満足そうな笑《え》みを浮かべた。

『こちらの世界は、私と彼等――〈ガーディアン〉が守ります。……ですがそれだけでは、問題に対する根本的な解決策にはなりません』

パチン、と画面の中にいる彼女は指をこすり合わせて軽快に音を鳴らす。

そして次に彼女の前に純白に輝《かがや》く光の粒子が発生し、空中を漂《ただよ》うそれは自分達が見ている画面に迫《せま》って来ると、

――光は液晶画面を越《こ》えて、三つの小さな薄《うす》い長方形を形成する。

「うわ!?」「きゃ!?」「なにこれ!?」と有り得ない現象に自分達はビックリした。

浮力《ふりょく》を失い地面に落ちるソレを、反射的に両手でキャッチ。

良く見るとスマートフォンによく似ている。

謎《なぞ》の携帯端末《けいたいたんまつ》を、オレ達は恐る恐る確認すると。

『今世界中にいる人類の中から、素質のある者達を選出しました。この端末はアナタ方が

選ばれた〈冒険者《ぼうけんしゃ》〉の証であり、世界を救う条件が記されます』

「選ばれた冒険者、世界を救う条件を記す……？」

神を名乗る少女は手にしている端末と全く同じ端末を掲《かか》げて見せて、疑問に答えるかのように言葉を続けた。

『選ばれた冒険者達には〈アストラル・オンライン〉をプレイして、この世界に悪影響《あくえいきょう》を与《あた》える問題を解決してもらいます。拒否権《きょひけん》はありません』

手にした端末の電源が、何もしていないのに自動で点く。

液晶画面に表示されたのは、一本のゲージと一つのクエストだった。

ゲージは日本語で【汚染《おせん》ゲージ】と、クエストのタイトルも同様に【暴食の大災厄を討伐《とうばつ》せよ】と読むことができる。

クエストの内容は至ってシンプルで画面に表示されているゲージが最大値に到達《とうたつ》する前に、〈バアル・ゼブル・グラトニー〉を倒す事と記載《きさい》されていた。

ここで自分は、重大な事に一つ気が付いた。

「──って、ちょっと待て！　オレとクロが倒したボスの〈バアル・ジェネラル〉は、暴食の親玉じゃなかったのか⁉」

びっくりしてクロを見ると、彼女も同じように驚《おどろ》いた顔をしていた。

「あんなに苦戦したのに、ボスじゃなかったんだね……」

「少なくともアレ以上に強いって事だろ、かなりヤバいぞ……」

万全《ばんぜん》の準備をしたのにもかかわらず、危うく自分とクロとアリア達が全滅《ぜんめつ》しかけた蠅《はえ》のボスモンスター〈バアル・ジェネラル〉。

その上に君臨する存在となれば、強い危機感を抱くのは当然である。

オレ達の深刻な様子を見て、隣にいる詩織も言葉を詰まらせる。そんな張り詰めた雰囲気の中、テレビの向こう側にいるエルは最後にこう宣言した。

『これは異なる世界から人類を守る──〝大いなる聖戦〟です』

演説が終わると首脳達は集まり、彼女を中心とした話し合いの末に新しい法律を作る。

その内容とは、神に選ばれしプレイヤーは〈アストラル・オンライン〉攻略《こうりゃく》を義務とするメチャクチャなものだった。

色々なプロセスを無視して作られた新法律に、切り替《か》わった画面内では各国の国民達が支持する声を上げる。余りにも異常な事態に自分は言葉を失った。

……世界はこれから、どうなってしまうんだ。

大いなる聖戦、彼女が口にした言葉が頭の中から離れない。
様々な不安を胸に抱きながら、オレは手にした端末を強く握《にぎ》り締《し》めた。

第一章◆変転した世界

テレビを消すと、親友達にチャットを飛ばして急遽《きゅうきょ》集まる事になった。

自分が今居るのは、部屋の真ん中に円卓《えんたく》があるだけの簡素な部屋。ここはＶＲヘッドギアのアプリで作成した、オンライン用の簡易スペースである。

仮想空間に意識をフルダイブさせる事ができる現代では、専用のアプリがあればお手軽にこういう場を用意できるのだ。

だけどいつも使用していたＴＳ前のアバターは、何故《なぜ》か破損して使えなくなっていた。

流石《さすが》に今の銀髪碧眼少女姿をスキャンして行くのは、二人にリアルで何かあった事に気付かれてしまう可能性が高い。

まだ白状する度胸はない自分は、数年前にチャットで使っていた魔物《まもの》を狩《か》るゲームのマスコットキャラクター『三頭身の猫《ねこ》型アバター』で会うことにした。音声は幸いにも男のデータが残っていたので、それを設定しておく。

「これでよしっと……」

衣服を身に着けた二足歩行する猫姿で、作成したルームのチェックを済ます。

準備を整えると、会議に参加するメンバー達に部屋のパスワードを送った。

そうすると十秒も経《た》たない内に、誰かがログインしてくる。

「お邪魔《じゃま》します。……って、ソラ？」

「おう、一番乗りはクロか。これはオレのサブアバターだよ」

「か、かわいいっ！」

「え、ちょっとま——むぎゅ⁉」

椅子《いす》に座《すわ》ってまったりしていたオレを、クロが胸に抱き締める。

短い手足をバタバタ動かし居心地《いごこち》よすぎる腕の中から何とか脱出《だっしゅつ》しようともがいていると、そこにタイミング悪く詩織《しおり》と真司《しんじ》と志郎《しろう》の三人が同時にログインして来た。

「「蒼空《そら》……？」」

「ふ、二人とも、久しぶり！」

リアルと同じ姿で入って来た親友達に挨拶《あいさつ》したら、彼らは揃《そろ》って美少女に抱き締められる自分の姿に怪訝《けげん》な表情を浮かべた。

「その抱っこしている女の子は、まさかクロっちか」

「蒼空、これはどういう状況《じょうきょう》なんですか？」

「えっと……これには、色々と深いわけがあるんだよ」

真司と志郎に自分のリアルTSの事は秘密にして、それ以外の事は正直に全て語った。

全てを聞いた親友達は、すんなり受け入れて呆《あき》れた顔をする。

「データが破損したなら新しく作れば良いのに、相変わらず面倒《めんどう》くさがり屋《や》だな」

「い、急いでいたからさ。仕方ないだろ……」

「それに同居とか、一人だけテンプレのようなラブコメをしていますね。祈理《いのり》さんと夜刃《よるは》さんが知ったら、間違いなく面倒な事になりますよ？」

「志郎様、この事はどうかご内密にして下さい！」

彼が口にした二人の名前は、以前プレイしていた〈スカイ・ハイファンタジー〉のクランメンバーである。

どうしてクロの事を言わないでほしいのかと言うと、それは前に二人から告白されて断った経緯《けいい》があるからだ。

未《いま》だに諦《あきら》めていない二人に、クロと同居状態になっている事を聞かれたらどうなるのか。

恐ろしすぎて想像もしたくない。間違いなく自宅に詰め寄って来て、事の経緯とか関係とか色々な事を根掘《ねほ》り葉掘《はほ》り聞かれそうだと思った。

ちなみに祈理は病弱体質なせいで現在は入院中、〈アストラル・オンライン〉の問題が

起きるまでは一週間に一回はお見舞《みま》いに行っていた。

夜刃は〈アストラル・オンライン〉で詩織が所属しているクランの団長をしているのだが、放浪癖《ほうろうへき》があって現在は音信不通らしい。

二人が迫って来るのを想像して身震《みぶる》いすると、志郎は「ボクも巻き込《こ》まれそうなので言いませんよ」といつもの爽《さわ》やかスマイルで答えた。

「——ごほん！　それじゃ会議を始める前に新しいメンバーを紹介《しょうかい》するぞ。オレの妹弟子のクロだ！」

「た、小鳥遊《たかなし》、黎乃《くろの》です……」

彼女が消えそうな声と共に頭を下げると、全員で歓迎《かんげい》の拍手《はくしゅ》を送った。

それからは改めて真司と志郎がクロに名乗り、自分達は集まった本来の目的である〈アストラル・オンライン〉について話をするため、それぞれ席に着くことになる。

だけどここで、少し予想外な事が起きた。

クロが余程《よほど》気に入ったのか、猫バージョンのオレを離さず胸に抱《かか》えたまま椅子に腰《こし》かける。他の三人は、それに苦笑《くしょう》しながら着席した。

実に格好がつかない姿だけど親友二人の対応で体力を消耗《しょうもう》しているので、この事に言及《げんきゅう》するのは頭の中から完全に放棄《ほうき》した。

ネットで事前に集めた資料を表示して、クロの膝の上に座りながら円卓の上に両肘《りょうひじ》をつき両手を組むスタイルを取った。

「神様に対する情報を集めたけど、ＳＮＳでは崇めるコメントしかなかった。取り敢えず見た感じ、二人とも神様バンザーイになってなくてホッとしたよ」

「蒼空達《たち》も無事なようでなによりです。……ボクの家では選ばれていない姉と両親は同じように神様に対して、疑問を抱いている様子でしたよ」

「俺《おれ》の家も全く同じだな」

会議が始まる前、詩織が両親に安否を確認する為にメッセージを送っていたが、その時に神様を信仰《しんこう》している様子はなかった。

「ふむふむ。……聞いた話から推測すると選ばれた者とその家族は、あの神様の影響を受けないってことか？」

少なくとも、身内が神様の信徒にならないのは不幸中の幸い。

一安心しながら、会議を始める事にした。

「さて、今回集まったのは他でもない。ただのゲームだと思っていた〈アストラル・オンライン〉が、現実に影響を与える程《ほど》の代物《しろもの》だった件についてだ」

「……ああ、驚いたよな。まさか日課のジョギングしようと思ったら、玄関《げんかん》開けて目の前に木が生えてるなんて思いもしなかったぞ」

「うちは母さんと姉さんが毎日手入れしていた庭がメチャクチャになって、もう目も当てられない惨状《さんじょう》でした」

「それは、お気の毒に……」

庭で同じく花を大切に育てている詩織が、志郎の話に深い同情をする。

きっと彼の姉と母親は、今頃発狂《いまごろはっきょう》しているだろう。可哀想《かわいそう》に……。

実に悲しい事件に黙祷《もくとう》を捧《ささ》げた後、オレは話を続けた。

「あの騎士達が除去してくれるのを待つか。〈暴食の大災厄〉を倒したら木は無くなると思うから、それまでの辛抱《しんぼう》だよ。……大きな問題は、それまでに家の中に木が生えてこない事を祈《いの》るばかりかな」

現在は建物の外にしか発生していないけど、それだけでも世界中で大騒《おおさわ》ぎ。

これで家の中にまで出現したら、大惨事《だいさんじ》になる事は容易に想像できる。

今こうしている間にも神の配下である鎧《よろい》騎士達の手で伐採作業が行われているが、全ての『精霊の木』を処理するのは流石に難しいと思う。

「あの自称神様は、世界が精霊の木に覆われると言ってたよな。つまり今後も木は発生し続けるのか。攻略を急ぐ必要があるな……」

「でもこのバアルなんとかって奴《やつ》、どこにいるんだ」

「初めて聞く名前ですよね。ボスモンスターと言えば〈クイーン・オブ・フライ〉しか思い浮かばないんですが」

「もしかしたら、あのボスを倒す事で出現する可能性も考えられるわね」

真司と志郎と詩織が、謎の新規ボスについてあれやこれやと考察をする。

だけど全て正解にはかすりもしない。

普通のプレイヤーとは違うルートを現在進めている自分は、ここで彼等が知らない情報を提供する為に恐る恐る右手を上げた。

「あのー、その件なんだけど。一つだけ発言しても良いかな」

「お兄ちゃん、どうしたの？」

「実はゲーム内で、オレはクロと一緒に精霊国〈エアリアル〉にいるんだよ」

「「「はぁ!?」」」

全く同時に、三人から驚きの声が発せられた。

正面からマトモに浴びせられたオレは、乾《かわ》いた笑い声を出す事しかできなかった。

「ちょっと、お兄ちゃんどういう事!?」

「ああ、なるほど。もしかしてメッセージで初期装備の服の有無《うむ》を確認してきましたけど、それに関係しているんですね？」

「ぬあーっ！　あの時は全く気付かなかったけど、そういう事だったのかぁ！」

前に送ったメッセージの意図を、ようやく理解した志郎の言葉に真司が実に悔《くや》しそうに頭を抱えた。

……とはいえ、既《すで》に後の祭り状態である。

三人は気を取り直すと情報の開示を求め、オレは現在に至るまでの経緯を全て彼等に語る事になった。

〈ティターニア国〉に向かう途中《とちゅう》で出会った、精霊のお姫様。

クロを仲間に加えて、三人で遠い精霊の国に向かった事。

到着した〈エアリアル国〉で、女王シルフと騎士《きし》団長のガストと出会い。

そこに攻《せ》めて来た蝿の軍勢と戦う事になって、大型ボス〈バアル・ジェネラル〉に激戦の末にオレが〈天使化〉する事で勝利をした。

たった二日間で起きた濃密《のうみつ》な話を全て聞いた三人は、実に羨《うらや》ましそうな顔をしていた。

「相変わらず、ユニーク関連を引き寄せる体質はスゴイですね……」

「妖精達《ようせいたち》から名前だけは聞いていたけど、まさか本当に〈エアリアル国〉が存在するなんて思わなかったぞ……」

親友二人が、半分呆れたような感想を口にする。その一方で詩織は、

「なんで教えてくれなかったの、お兄ちゃん！」

我慢《がまん》できなかったらしく、勢いよく席から離れてオレの側に来ると恨《うら》めしそうに猫型アバターの肉球を強くぷにぷに握ってきた。

「いや、ほら……。詩織はイベントに夢中になってたし、ボス戦が終わった後はオレも気を失って、さっき目覚めたばかりだからさ」

「……そういえば、そうだったわね」

どう考えても話す時間はなかった事を理解した詩織は、そこで素直《すなお》に矛《ほこ》を収めてくれた。

親友二人は、オレが気を失った事は知っているらしい。

少しだけ呆れたような顔をしたら、

「最初から子供のように全力で楽しんでましたからね。今の調子は大丈夫ですか？」

「一日で限界に達するとは廃人《はいじん》ゲーマーも衰《おとろ》えたもんだぜ。寝起《ねお》きならムリすんなよ？」

「ありがとう、でも今は一大事だから会議を続けるぞ！」

二人の気遣《きづか》いに感謝しながら、中断していた話に戻《もど》る。

今回の会議で、話し合わなければいけない要点は一つだけ。

得体の知れない神様とか武装した西洋騎士の事ではなく、端末に記されている〈バアル・

ゼブル・グラトニー〉がどこにいるのかだ。

そしてこの件に関して、一つだけ心当たりがあった。

「精霊の森には〈大災厄〉を封印《ふういん》している土地がある。まだ実際に見てないけど、オレはそこに対象のボスがいると思うんだ」

「分かりやすくて助かりますね。……でも森の中にあるという事は、初期の服がないと入れません」

「でもアレ非売品だぞ？　初心者から買い取るしかないけど、俺達《おれたち》みたいな上級者が店売りよりも高額で買うなんて言ったら普通に怪《あや》しまれそうだよな」

志郎と真司の言う事は、ごもっともだと思う。

初心者プレイヤーから購入するにしても、それなりの資金が必要となるし値段を更《さら》に吊《つ》り上げられる可能性も低くはない。

ならば情報開示して衣服を求める手もあるけど、それをすると今度はプレイヤーが精霊の森になだれ込んできてカオスな事になる。

「情報を全体に公開するのはしたくない。万が一にもあの事件と同じことが起こったら、大惨事になるから」

「あー、アレですか。たしかにあの時は大変でしたね……」

「控《ひか》えめに言って、アレは地獄《じごく》だったなぁ……」

「SNSでも、大々的に取り上げられていたわね……」

似たような状況を〈スカイ・ハイファンタジー〉で経験した事があるオレ達は、その事件を苦々しく思い出す。

オンラインゲーム史に名を刻んだ、大事件の一つ〈ビギナーコラプス〉。

何があったのか簡単に説明すると、特定条件で入れるエリアの情報が開示された直後、そのエリアにプレイヤー達が殺到《さっとう》したのである。

別にそこまでは別に問題はなかったのだが、なんとそのエリアには全プレイヤー共通の大型マルチボスモンスターの封印があって、それを軽い気持ちで偶然《ぐうぜん》にも解いてしまった者達によってマップ全域がいきなり戦場と化したのだ。

……当時はろくな準備もできてない状況でNPCの国を守る為に、みんなでボスを相手に四苦八苦してたなぁ。

プレイヤーとNPC達は頑張《がんば》ったけど、そのマップにあった五つの国の内一つが消滅《しょうめつ》する事となった。今でも思い出すと背筋がゾッとする。

「経験から言うとオンラインゲームでルートが一つだけって事は考えにくいから、他にも森に入る手段はあると思う」

「たしかに、それはありそうですね」

「イベントでレベリングして装備を整えながら、別ルートを探してみるかぁ……」

「うちのクランも、みんなに相談してその方針で行こうと思うわ」

真司の言葉に、オレの脇腹《わきばら》辺りに顔面を突《つ》っ込んで『猫吸い』みたいな事をしていた詩織が、ゆっくり離れた後に満足そうな顔で同意する。

ボスモンスターのレベルは表記されていない。いつ始まるか分からない強敵との戦いに備えて、レベリングと装備の強化は最優先事項《じこう》。

「後は……〈天命残数《てんめいざんすう》〉に気を付けよう。これがもしも命の残機なら全てロストした場合に、もしかしたら現実でも……」

——死ぬかもしれない。

その言葉をオレは、口にすることが出来なかった。

だけど話の流れから何が起きるのか察した全員は息を呑み、少しだけ重たくなった空気の中「わかった」と短く頷いてくれる。

後は情報を得たらお互いに報告をする事にして、本日の会議はこれでお開きとなった。

真司と志郎がログアウトする為、ウィンドウ画面を開いて退出の操作をしていると、彼らは不意に手を止めてこんな事をオレに聞いてきた。

「ああ、そうだ。おまえゲームで魔王の呪いを受けてるけど、現実は大丈夫だよな」

「ボクも気になってました。ラスボスの呪いを受けて現実に悪影響とかありませんよね」

「大丈夫に決まってるだろ。なんだ、おまえらオレに女になってほしいのか？」

「バカか。もしかしたらって心配しただけだ」

「その調子なら大丈夫そうですね。でも何かあったら、絶対に一人で悩《なや》まないで相談してください。ボク達は親友ですから」

「……ありがとう。困ったことがあったら遠慮《えんりょ》なく相談するよ」

親友、その言葉が胸に重くのしかかる。

二人は笑顔《えがお》で、プライベートルームからログアウトした。

姿が完全に消えるまで見送った後、ウソをついた事で少しだけ痛む胸に目を閉じて、大きな溜息《ためいき》を吐《つ》いてクロに背中を預けた。

彼女は何も言わずに、後ろから優しく抱き締めてくれる。

隣にいる詩織は「お兄ちゃん……」と、心配そうな声を掛けてくれた。

「うん、大丈夫だよ。ちゃんと気持ちの整理ができたら話すから……」

二人とも、ごめんな……。

現実で性転換したことを、いつまでも隠《かく》す事ができないのはちゃんと理解している。

でも打ち明けるタイミングは、今ではない。

心の準備ができてからでないと、親友達に打ち明ける事はできない。

万が一にでも、引かれてしまったら確実に折れてしまうから。

脳裏《のうり》にかつて自分から離れた、とある仲間達のがっかりした顔が浮かぶ。

もう数年前の事なのに、思い出すだけで手が震《ふる》えてしまう。

親しい者達にすら臆病《おくびょう》になってしまう心の弱さに、「相変わらず情けない男だな」と呟いてオレは部屋を解散させた。

①

会議を終えてリアルに戻り、そこから軽めの昼食を済ませて片づけをすると詩織がオレとクロにこんな提案をしてきた。

「外の偵察《ていさつ》を兼《か》ねて、コンビニに三人で行かない？」

「んー、別に良いけど急にどうしたんだ」

「何事も気分転換《てんかん》は大事ってことよ。それにお兄ちゃんの大好きなチョコレートのアイスも、冷凍庫《れいとうこ》にもう入ってないでしょ」

「たしかにそれは一大事だ……。準備するから、ちょっと待ってくれ」

「わたしも準備するね」

「それじゃ、五分後にリビングに集合しましょう」

使った食器等の洗い物を済ませて解散したら、二階の自室に上がって目についた白黒のフード付きのパーカーを羽織り一階に戻った。

所要時間は一分も掛かっていない。服装はTシャツに短パンというラフな格好だけどオシャレには全く興味はないので、目立つ銀髪《ぎんぱつ》を隠せれば他は正直どうでも良かった。

性転換《せいてんかん》を素直に楽しめる性格なら、全力で着飾《きかざ》ったりするのだろう。

しかし生憎《あいにく》と自分には、そんな趣味《しゅみ》はまったくない。

リビングでテレビをつけて、神様に関する情報収集をしながら二人を待っていると。

「やっぱり、どの番組もあの女の子をまったく疑っていないよな……」

ニュースに取り上げられている白髪の少女、エル・オーラムの事について司会者や評論家、ゲストの人達はずっと敬ったコメントをしていた。

正直に言って不気味すぎるがスマートフォンでSNSを確認しても、誰一人《だれひとり》として疑問をもたずに「神様の言うとおりにしていれば大丈夫！」「神様がいるんだから木なんて怖《こわ》くない」という盲目的《もうもくてき》な投稿《とうこう》しかしていなかった。

神様から自殺しろと言われたら、全員迷いなく従いそうな雰囲気である。

まったく、あっちもこっちも異常事態じゃないか。

どうしようもない状況に困惑していると、不意に誰かが隣に腰を下ろし右腕《みぎうで》にそっと寄り添《そ》って来る。

こんな事をするのは一人しかいない。振《ふ》り向いた先には予想した通り、つば広の白い帽《ぼう》子《し》を頭にかぶったワンピース姿のクロがいた。

実に似合っているその姿に、オレはドキッとさせられる。

「う、うん。よく似合ってるし可愛《かわい》いよ」

「あ、ありがとう……」

褒《ほ》められた彼女《かのじょ》は、頰《ほお》を赤く染めて顔を俯《うつむ》かせる。

よしよし、昔から着飾った女の子はよく見て褒めろと注意されていたので、その時の経験を活《い》かすことができたぞ。

ただ一つだけ、気になる事があるのでそれだけは質問をする事にした。

「なんかずっと距離《きょり》感近いけど、オレの中身は男子なんだから女の子として少しは警戒心《けいかいしん》を持った方が良いんじゃないのか？」

「……ソラの側にいると、あったかくて安心するんだけど……ダメ？」

「いや、別にダメじゃないけどさ……」

上目遣《うわめづか》いで見られると、恥《は》ずかしいからダメとは言えなかった。

安心するというワードから察するに、両親が不在な上に世界がこんな大変なことになって彼女も色々と不安なんだろう。

ここは男として紳士《しんし》な気持ちで、彼女を受け入れなければ。

そんな強い気持ちで彼女から漂ってくる女の子らしい花のような香りを、煩悩《ぼんのう》と一緒《いっしょ》に今は頭の中から完全に排除《はいじょ》する。

落ちつけ落ちつけ。彼女は大切な妹弟子《でし》であって、けしてやましい気持ちを抱《いだ》いて良いような存在じゃないんだ。

聖人みたいな境地に至りながら妹を待っていたら、しばらくして詩織が姿を現した。

肩《かた》出しのベージュのシャツに、同じ色のショートパンツというおとなしめの格好。可愛らしい手提《てさ》げポーチを手に、女子力の高い彼女は時間が掛《か》かった事を謝罪した。

「ごめんなさい。洋服選んで日焼け止め塗《ぬ》ってたから遅《おく》れちゃった」

「コンビニ行くだけなのに、日焼け止めまで塗るのか……」

感心していると、隣《となり》にいるクロが驚いた顔をした。

「え、わたしも焼けちゃうから、ちゃんと塗ってるよ？」

「マジか、二人ともすごいな！」

紫外線《しがいせん》予防をするなんて、美に対する意識の差が自分とは天と地ほどもある。

基本的にオレは学校があるとき以外は家でゲームをしているか、外出するとき夏場は薄いパーカー、冬場はダウンジャケットを羽織るくらいだ。

前にゲーム仲間の女性達《たち》からは、少しはゲームに使っているリソースを現実の自分にも振り分けるべきだと、面と向かって言われた事はあった。

でも面倒に感じるんだから、これはもうどうしようもない。廃人ゲーマーはゲームをしなければ、呼吸困難になって死んでしまう生物なのだから。

オシャレをする暇《ひま》があるなら、一秒でも多くゲームをしたいのが信条である。

二人の美意識の高さに感心していると詩織がリモコンを手に取り、そっと点《つ》けっぱなしにしていたテレビの電源を消した。

妹はリモコンをテーブルに放り、華麗《かれい》に身をひるがえすと、

「それじゃ、さっそく変わった世界を見に行くわよ！」

このパーティーのリーダーとして、先導する形で玄関に向かうのであった。

②

外に出ると、そこは見慣れた景色から一変していた。

歩道に無秩序《むちつじょ》に生えているのは、淡《あわ》い光を纏《まと》う〈精霊《せいれい》の木〉。

それらが作り出す木陰《こかげ》には、日差しを避《さ》けた近隣《きんりん》に住んでいる中年の女性達が集まりテレビに出ていた神様について会話をしていた。

「まさか神様をこの目で見られるなんて、なんて幸運なんでしょう……」

「この邪魔な木も、騎士様が処理してくれるから安心だわ」

「後は神様が選んだ冒険者様が、この木を生み出している元凶《げんきょう》のゲームを攻略してくれるのを待つだけね」

といった感じに、全面的にあの得体の知れない神様の話を信じている様子だった。

他には木に登ろうとして怒《おこ》られている小学生とか、手にしたスマートフォンで撮影《さつえい》してSNSに投稿している同い年くらいの少年少女達が散見される。

パッと見た感じでは、みんなこの大量の木が生えている異常な状況をあっさりと受け入れていた。

最初に窓から見た時は、あんなにもびっくりしていたのに……。

むしろ彼等は周囲に生えている木よりも夏場の熱気にまいっており「暑い！」と口にし

て、滝《たき》のように汗《あせ》を流しながら〈精霊の木〉が作る影《かげ》に避難《ひなん》していた。

非日常の中で、日常的な会話をする者達。

道を歩きながら、その光景を心の底から不気味だと思った。

まったく、この世界は一体どうなってしまったんだ。

コンビニを目指して三十分くらい歩くが、すれ違《ちが》う人達の反応は全て同じだった。

――そしてやはり、オレも普通《ふつう》ではないようだ。

何故《なぜ》なら真夏の日差しが、思っていた以上に暑くない事に気が付く。

上と下からも真夏の熱気が攻めてくる中、目立つ銀髪を隠す為《ため》にフードを目深《まぶか》まで被《かぶ》っているのに周囲の人々ほど暑さを感じない。

少量の汗は額に滲《にじ》み出るけど、強《し》いて挙げられるのはそれくらいだった。

体感的には恐《おそ》らく、二十五度くらいにしか感じていないかも知れない。

むしろ気温よりも、家を出てからすがるように右腕に抱きついているクロの体温と汗の匂《にお》いに、ずっとドキドキさせられていた。

彼女はハンカチで汗を拭《ぬぐ》いながら、此方《こちら》をチラ見した。

「ふぅ……ソラ、まったく汗かいてないけど大丈夫《だいじょうぶ》？」

「うーん、やっぱりこの身体は普通じゃないのかな。二人ほど暑さは感じないんだよね」

「それはとても心配になるけど、このすっごい暑さをまったく感じていないのなら今は単純に羨ましいって思うわ」

周りの人々と同様に木陰を有効活用して進んでいるけど、左右にいる詩織とクロは汗がしずくになって、ぽたぽたと頬を伝って流れ落ちている。

そんな中でオレは、額にうっすら浮かぶ程度しか汗をかいていないのだから詩織が羨ましがるのは十分に理解できた。

「ゲームの影響《えいきょう》から推測するなら、熱さに対する耐性《たいせい》値が高いのかな……」

「ゲームの影響で非現実的な事が起きてるんだもの。その可能性はあるかも。……ユリメイの病院に行ったときに、その事は相談した方が良いと思うわ」

「そうだな……と、コンビニに着いたな」

雑談をしていたら、自宅から歩いて三十分程度の場所にあるコンビニに到着《とうちゃく》した。

中に入るとエアコンが効いた涼《すず》しい空気に切り替わり、暑さに苦しんでいたクロと詩織はホッと一息ついた。

店内を見回した感じでは、不思議と通常通り営業しているみたいだ。

従業員は店の前に生えている木を、まったく気にせずに商品の補充《ほじゅう》と整理をしていた。

一応この状況で営業して大丈夫なのか聞いてみたところ「ライフラインだけは神様の力

で守られているので大丈夫です」と、自信満々に答えられてしまった。

……まぁ、店が閉まっていると大変なので有り難《がた》い話ではあるのだが。

「取りあえず、気にしてもしょうがないか。アイスクリームは溶《と》けるから最後に買うとして、先《ま》ずはそれ以外に必要なものがないか探そう」

「りょーかい」

「わかったわ」

パーティーを外れたのは詩織だけで、オレとクロは一緒にコンビニの中を歩き回って必要なお菓子《かし》とか飲み物を買い物かごに放り込む。

「ポテチはノリ塩と辛《から》いのが好きなんだけど、けっきょく色んな種類をローテするのが一番良いんだよなー」

「わたし、塩とコンソメ派」

「お、王道の組み合わせ良いね。その二つはシンプルに美味《うま》いよな」

「うんうん、あとはポップコーンも好き」

「オレは映画とか見る時に買うかな。百円でこのボリュームは満足感がすごい」

こんな感じでまったり雑談と買い物を楽しみながら、数分後に合流した詩織が手にした商品も合わせると、かごの中はそれなりに一杯《いっぱい》になった。

「お兄ちゃん、それ重くない？」

「え、そういえば、全く重さを感じないな……」

詩織に指摘《してき》されて、ようやく気が付いた。

二リットル飲料も何本か入っているのだが全く苦ではない。この量は性転換する前の姿でも、かなり重く感じるはずなのに。

もしかしてこれも暑さに耐性があるのと同じで、アバターが関係しているのか？

試《ため》しに床《ゆか》に置いて実際に重いのか二人に持ち上げてもらったら、

——何故か呪《のろ》いを受けていない彼女達《かのじょたち》も、すんなり持つことが出来た。

「すごーい、キャリーバッグを持つのも大変だったのに重くないよ！」

「私も普段《ふだん》なら絶対に持てないわ。……これってどういう事？」

「……分からないけど、たぶん〈アストラル・オンライン〉の影響の一つだと思う」

三人で共通して考えられるのは、〝アバターのステータスが影響している可能性〟。

それならば暑い気温の影響を『状態異常』と仮定した場合に、自分が所持している〈状態異常耐性〉が作用している可能性が考えられる。

だがスキルが使える感じはしないので、今の影響はステータスの一部が反映されていると考えるのが妥当《だとう》だろう。

新たな発見をしながら、最後に三人で一緒にそれぞれ欲しいアイスクリームを選ぶと急いでレジに持っていく。

スキャナーを片手に二十代前半くらいの若いお姉さんがスキャンすると、沢山《たくさん》の商品と奮闘《ふんとう》した末のトータル金額は数千円くらいだった。

現金で支払《しはら》いを済ませた後に買い物袋《ぶくろ》二つ分の山を軽々持ったら、彼女は「えっ!?」とびっくりして平然としているオレを凝視《ぎょうし》した。

確かにこの全く鍛《きた》えていない細腕《ほそうで》で、大人でも苦戦しそうな重たい荷物を二つも持つのは驚《おどろ》いて当然だと思う。

だけどこの謎《なぞ》だらけの状況を説明する事は出来ないので、「ハハハ……」と愛想笑《あいそわら》いをしながらコンビニから速《すみ》やかに退散した。

③

足も早くなったオレ達が帰り着くのは、あっという間だった。

三十分ほどかけて歩いた道を、買い物袋を手に五分程度で走破した。

家に入ると先ずは買った食料品を、素早《すばや》く冷蔵庫と冷凍庫に保管する。それから自分は

〈アストラル・オンライン〉にログインしようと思ったのだが。

「起きたばかりなんだから、今日一日はゆっくりしなさい」

「え、でも攻略《こうりゃく》を進めないと……」

「汚染《おせん》ゲージはまだ一パーセントでしょ。余裕《よゆう》のある内に身体を休めるのは、とても大事なことだって時雨《しぐれ》姉から教わったわよね」

「でも……」

「そんな子犬みたいな顔してもダメよ。今日はゲーム禁止、良いわね？」

「……わかったよ」

詩織に注意されて、今日は〈アストラル・オンライン〉を休む事が決まった。

汗びっしょりになったクロと詩織は、そのままお風呂《ふろ》に入る事にしたらしい。

エアコンの効いた部屋でくつろごうとしたら、汗を少しでもかいたのだからと言われて強制的に脱衣所《だつい》に連行された。

自分の裸体《らたい》を見る事は禁止されているので脱《ぬ》ぐ前にタオルで目隠《めかく》しをしたオレは、ここでふと——過去屈指《くっし》の危機に直面した事に気付く。

「いやいやいや、クロも入るのはまずいって！　バレたら師匠《ししょう》に殺されるぞ！」

「大丈夫よ、お兄ちゃんがわざと目隠しを外さなければ問題ないわ。それともお兄ちゃんは、黎乃ちゃんを仲間外れにして一人で入れって言いたいの？」

「そ、その言い方はずるいんじゃないかなぁ……」

面と向かって『仲間外れ』と言われたら、流石《さすが》に反対する事ができなくなる。

真っ暗な視界の中、自分で服を脱ぎ終えた後に二人の服を脱ぐ音を耳が拾ってしまい、不可抗力《ふかこうりよく》とはいえ心臓の鼓動《こどう》が大きくなる。

ボスの〈バアル・ジェネラル〉を相手にした時ですら余り緊張《きんちよう》しなかったのに、今はまるで小さな子供のように落ち着かなかった。

地獄のような時間が終わった後、自分を待っていたのは更なる地獄だった。

「それじゃさくっと汗を流して、気持ちよく夜を過ごすわよ！」

「おーっ！」

「お、おう……」

先に身体を一通り詩織に洗ってもらい、一人で大浴槽《よくそう》に浸《つ》かる。

温かさが程良《ほどよ》く調整されたお湯は実に心地よく肩まで浸かって手足を伸《の》ばしていると、色々とあって疲《つか》れた心身が癒《いや》されていく。

……だけど、その傍《かたわ》らでは別の悩みが新たに発生していた。

「黎乃ちゃんお肌《はだ》が綺麗《きれい》ね！　髪《かみ》もよく手入れされて、さらさらしてるわ！」

「ちょ……詩織ちゃん、くすぐったいよぉ……」

女子二人の入浴とは、こんなにも色っぽいものなのか。

それとも妹が、お触《さわ》り魔《ま》でヤバいのか。

聞いている限りではクロの身体を洗ってあげているみたいだが、時々ドキッとしてしまうような妖艶《ようえん》な声が聞こえる。

落ちつけ自分。これは邪《よこしま》な心を抱いているから、そう聞こえるだけなのかも知れない。お経《きょう》を読んで邪念《じゃねん》を払《はら》えば、きっと普通の友人同士のやり取りが聞こえるはず。

そんな願いを抱きながら、ひたすら頭の中でうろ覚えのお経を延々と唱えてみるが、耳に届いて来るのは初心な自分には刺激的《しげきてき》過ぎるワードばかりだった。

「あら、黎乃ちゃんまだないのね」

「ちょっと、気にしてるんだから言わないで……」

ない。ないとは一体何の話なんだ？

考えてみても頭の中では、宇宙の星々がぐるぐる回るだけで何にも思い浮《う》かばない。

異性の身体って、実際になっても分からないもんだな……。

本能がこの事を考えるのはヤバいと警告をすると、再びお経を唱えて彼女達の会話を完全にシャットアウトする。それから数分が経過して、

「お、おじゃまします」

「黎乃ちゃん、そんなにかしこまらなくて良いわよ」

身体を洗い終えたらしい、クロと詩織が浴槽に入ってきた。

近くに彼女達の入る気配を察知した自分は、素早く広げていた手足を素早く折り曲げ誰にも接触しないように端《はし》っこの方に避難した。

「お母さんがこだわって業者に作ってもらったお風呂はスゴイでしょ。四人くらい一緒に入っても狭《せま》く感じないのよ」

「うん、すごく広いね。詩織ちゃん達のご両親は何をしてるの？」

「お父さんはゲーム会社に勤めてるわ。お母さんも同じとこで働いてたんだけど、今は退職して専業主婦してるの」

「そうなんだ……ところでソラは、何で端っこの方にいるの？」

「いえ、どうか置物にはお構いなく……」

タオルで目隠しをしているとはいえ、間近に素《す》っ裸《ぱだか》の少女二人がいる事を想像するだけで、とても落ち着かないし心臓に《に》悪い。

オレはなんで、この場から早く逃げなかったんだろう。

さっきまで悠長《ゆうちょう》にお経で煩悩を払っていた自身の完全なプレイングミスを、今更《いまさら》になって激しく後悔《こうかい》する。

……いや、今ならまだ間に合うか？

思い立ったが吉日《きちじつ》、好機逸《いっ》すべからずという言葉がある。

ここで逃げられなかったら、恐らくのぼせるまで出ることができなくなる。

そう考えた自分は、浴槽から勢いよく立ち上がり、

「ごめん！　急用を思い出したから、オレは先に上がって待って――っ⁉」

浴槽から出ようとしたら、不幸にも濡《ぬ》れたタイルで足を滑《すべ》らせてしまった。

大きく体勢が崩《くず》れて、その場で転倒《てんとう》しそうになる。

「ソラ、危ない！」

「ぬわぁ⁉」

とっさに反応したクロが腕《うで》を強く引っ張り、浴槽の向こう側に顔面からダイブしそうになったオレを抱き寄せる。

今までの彼女だったら、力が足りなくて一緒になって転倒していたかもしれない。

正に〈アストラル・オンライン〉の影響で強化された、今のクロだからこそ成せた力業の救出だった。

しかし胸に抱き寄せられた自分は、引き寄せられた衝撃《しょうげき》で不幸にも目隠しが外れてしま

い、彼女の裸体を間近で目撃《もくげき》してしまった。

「にゃ、にゃあああああああああああっ!!」

「ごめ――ごぼぼぼぼぼぼぼぼぼぼぼぼ!?」

慌《あわ》てて離《はな》れようとしたら顔を真っ赤に染めたクロは乱暴に突き放《はな》すのではなく、逆に頭を抱き締《し》めたまま浴槽に身体を深く沈《しず》めた。

お湯に沈められた自分が、どうなるのかは容易に想像できる。

抱き締められる天国と呼吸ができない地獄の両方を体験しながら、何とかこの状況《じょうきょう》から逃《のが》れようと四苦八苦するけど。

お湯の中では上手《うま》く抜《ぬ》け出すことが出来なくて、酸素が足りなくなったオレは気を失う寸前で、呆《あき》れた詩織にギリギリ救出されたのであった。

第二章◆四つの鍵

翌日に朝食を終えた後、自室のベッドでＶＲヘッドギアを装着して〈アストラル・オンライン〉にログインすると、そこは見知らぬ大きなベッドの上だった。

上半身を起こして周りを確認《かくにん》したら、広い部屋である事が分かる。

設置されている家具は最初の国で使用した安い宿と違って上質な素材で作られたアンティークものばかり、どう見ても普通の宿ではなかった。

ここは一体どこなんだろう……。

部屋を観察していると、不意に頭の中に聞き覚えのない少女の声が聞こえた。

『マスターの疑問にお答えします。〈バアル・ジェネラル〉を討伐《とうばつ》した後にマスターは気を失い、〈エアリアル城〉にある客室に運び込《こ》まれたのです』

「だ、誰だ……っ!?」

びっくりして警戒《けいかい》モードに入ると、声の主はオレの様子に少しだけ呆れたような溜息を吐いた。

『忘れてるようなので改めて自己紹介《しょうかい》します。私の名前は〈ルシフェル〉。ワールドサポートシステムより引き継《つ》いだ、マスターの専属サポートＡＩです。お困りの際は私が有する権限の範囲内《はんいない》でしたら、なんでもサポートいたします』

「……ああ、ごめん。そうだったな」

サポートＡＩに溜息を吐かれた事に、軽い衝撃を受けながらも素直に謝罪する。

そういえば今まで忘れていたけど、〈天使化〉をした際にどういう訳か専属サポートが付属するようになったのだ。

気を失った後の状況を把握《はあく》しているとは、中々に面白《おもしろ》いＡＩだと思った。

「サポートって言うけど、具体的には何をサポートしてくれるんだ？」

『例えばステータスを代わりに表示させたり戦闘《せんとう》のリザルトを報告したり、後はマスターの代わりに一部スキルを使用することが可能です』

「一部スキルを使用できるだと⁉」

なんという便利機能、これは色々と戦闘の助けになりそうな気がする。

例えば〈感知〉と〈洞察《どうさつ》〉のスキルを彼女に常時発動してもらい、敵が現れた時や新規情報が入った時に報告をしてくれるだけでも、すごく助かる話だ。

今後が楽になる事にニコニコしていたが、そこでふと真横を見て気付いた。

自分が寝《ね》ている隣のスペースに【セーフティーロック】という表記があり、周囲五メートル内での特定のスキルやアイテム等の使用ができない状態になっていた。

これは恐らく、ゲーム内での犯罪防止策の一種だろう。

ログアウトした後はこうなっているのかと感心して見ていたら、そこに時間差でログインして来たクロのアバターが【セーフティーロック】の場所に出現する。

黒髪《くろかみ》に黒い鎧《よろい》ドレスと、PNのクロに相応《ふさわ》しく上から下まで黒で統一している美少女。

目を開いて軽く伸びをした彼女は、小さな身体をゆっくり起こした。

「そ、ソラ……っ」

間近で視線が交差するとクロは顔が真っ赤になり、背中を向けて少しだけ距離を取った。

どうやら先日の風呂事件が、まだ忘れられないでいるようだ。

……これは何ていうか、とても気まずい。

謝罪は何度もしたけど、やはり見られた衝撃は強かったらしい。

背中を向けた彼女は、何度か呼び掛けてみても全く反応してくれない。

漂《ただよ》う微妙《びみょう》な空気にどう対応したら良いか困っていると、そこにタイミングよく部屋に一つしかない扉《とびら》をゆっくり開けて、翡翠《ひすい》色の髪の少女が中に入ってきた。

白い神官のような恰好《かっこう》をした彼女は、オレの姿を確認して「ソラ様!」と満面の笑みを浮かべて真っすぐに走ってくる。

油断していた自分は、彼女に正面から力強く抱きしめられた。

「〈バアル・ジェネラル〉を倒《たお》した後に気を失われたので、とても心配しました！」

「あー、そうだったね。心配させてごめん」

「……お元気な姿を見れただけで何よりです。それよりもソラ様は、お身体の調子は大丈夫でしょうか？」

「たくさん寝たからね、もう問題ないよ」

軽くウインクして答えると、アリアはハッとなり慌てた様子で離れた。

「す、すみません！　わたくし嬉《うれ》しすぎて、つい抱きついてしまいました！」

「あー、よく分からないけど。オレは昔から見てると抱きしめたくなるって言われるから、あまり気にしなくて良いんじゃないかな？」

これは過去に一緒にゲームをプレイした女性達の証言なのだが、何か見ていると抱きしめたくなる衝動《しょうどう》に駆《か》られるらしい。

自分も慣れているので気にする必要はないと伝えたら、彼女は「そうなんですね」と頬を赤く染めて、隣に腰《こし》掛《か》けた。

先程《さきほど》まで周囲に漂っていた微妙な空気は、アリアの登場によって跡形《あとかた》もなく消失した。

代わりに今度は、和《なご》やかな空気が部屋を満たしていく。

するとと先程まで距離を取っていたクロが、自分達に少しずつ近づいてくる。

彼女はオレの隣に腰掛けると、小さな唇《くちびる》を尖《とが》らせた。

「……き、昨日の事は忘れることにする」

「う、うん」

「だからソラも、忘れてね」

「ア、ハイ……」

頷《うなず》いてみせると、クロはいつもの穏《おだ》やかな笑顔に戻《もど》った。

リアルの事を知らないアリアは、隣で頭の上にクエスチョンマークを浮かべている。

天上で色々とあったんだと説明したら、彼女はあっさり納得《なっとく》してくれた。

次に自分はベッドから出ると、久しぶりに使用するアバターの感覚を確かめる為に三分間くらいの軽いストレッチを行った。

その片手間に、アリアにボスを倒した後に起きた出来事を尋《たず》ねたら、

「……実は〈バアル・ジェネラル〉を倒しても、未《いま》だに〈バアルソルジャー〉の出現が止まらないんです。この国は商人達が物資を外から輸入して来るのですが、護衛の騎士達《きしたち》から襲撃《しゅうげき》を受けたという報告が後を絶ちません」

「まぁ……そうだろうね……」

昨日の一件で大災厄《さいやく》〈バアル・ゼブル・グラトニー〉の名を知ったオレは、アリアの話を聞いても全く驚くことはなかった。

真の元凶が健在なのだから、末端《まったん》の兵士達がいなくなるわけがない。

冷静にストレッチをしながら、彼女の話に耳を傾《かたむ》け続ける。

「しかも現在確認されている〈バアルソルジャー〉は、レベルが以前の個体よりも更《さら》に上がっています。わたくしもクロ様と外で何度か交戦してみましたが、少しだけ耐久力《たいきゅうりょく》が増えていると思いました」

「ほう……」

それは初耳だとクロをチラ見すると、彼女は今まで忘れてたと言わんばかりに額に薄《うっす》らと汗を浮かべていた。

だが昨日は神様とか精霊の木とか色々とあったので、こればっかりは忘れても仕方がないよなと思い、再びアリアの方に視線を戻す。

——自分の中では、これは思っていた以上に深刻な事態だと思った。

例えば万が一にでも時間経過で〈バアルソルジャー〉が強化されるんだとしたら、これほど厄介《やっかい》なことはない。

此方の戦力も強化できるなら問題はないけど、あの〈バアル・ジェネラル〉との総力戦と同じ状況になった場合に兵士達が苦戦するケースが考えられる。

前回のモンスターの部隊は、数だけで質は伴《ともな》っていなかった。

今回の事でそこも補われるのは、最悪としか言いようがない。

（そこのところ、どうなんだルシフェル？）

『残念ながらネタバレはダメだと、ワールドサポートシステムから注意されました』

なるほど、そういう感じで情報提供してもらえないパターンがあるのか。

また一つ、新たな発見をしながらアリアに質問をした。

「それでシルフ女王は、この件で何か言ってたか？」

「あ……。す、すみません！　そう言えばお母様に、お二方が戻って来られたら玉座の間にお連れするように言われてました！」

「お、おう……」

頼《たの》まれごとをしている最中に、他の事に夢中になって忘れるのは良くある事だ。

慌ててベッドから立ち上がり案内しようとする彼女の可愛らしい様子を見て、オレとクロは顔を見合わせて苦笑《くしょう》した。

①

部屋を出たらアリアが先導する。

彼女の後ろについて長い通路を歩いていると、掃除《そうじ》をしているメイド達はオレを見るなり揃《そろ》って「ソラ様よ！」「英雄様のご尊顔を見れるなんて！」と歓声《かんせい》を上げた。

昔から注目されるのは慣れているけど、やはり英雄扱《あつか》いされるのは恥ずかしい。

唯一《ゆいいつ》の救いは彼女達が礼節をわきまえているので、わざわざ近づいてきて握手《あくしゅ》とか写真を求められない事である。

「ソラ、大人気だね」

「うーん、視線を四方八方から感じる……」

「ソラ様は終盤《しゅうばん》はお一人で〈バアル・ジェネラル〉と戦われていましたからね。あの勇姿を見ていた兵士達から、武勇伝があっという間に国全体に広まったんですよ」

「お約束的な展開だなぁ……」

英雄という存在は、昔からどんな形であれ人々の関心を強く惹《ひ》きつける。

今回のケースは最も分かりやすく、自分達が住む国を脅《おびや》かす存在を排除したオレという存在が彼女達の目に眩《まぶ》しく映るパターンだろう。

尊敬と敬愛の眼差《まなざ》しを一身に浴びていると、数年前の〈スカイ・ハイファンタジー〉の事が脳裏《のうり》にチラつく。

あの時は誰もクリアできない高難易度クエストを攻略する度に、他のプレイヤー達から沢山の歓声を浴びていた。

でもそういった人達は、失敗が一つあっただけで簡単に反転してしまうものなのだ。

あの時に自分は、その事を痛いほどに痛感させられた。

本当に人間という生物は恐ろしい。何せ数年前は、

(——って、まずいまずい!)

今からシルフ女王に会うのに、危《あや》うく自滅《じめつ》してテンションが最低値になるところだった。

慌てて沈み掛けた気を取り直したオレは、クソゲーをプレイする事で得た強靭《きょうじん》な精神力でメイドさん達の視線に耐《た》えながら進む事にした。

それから数分くらい掛けて、ようやく玉座の間に到着する。

先に入ったアリアに続いてクロと一緒に入室すると、そこには玉座に座した女性と向かい合って並び立つ二人の精霊騎士《せいれいきし》がいた。

玉座にいるのは確認するまでもない。アリアを少しだけ大人にしたような女性、美しく王の風格を纏っている女王シルフだった。

彼女の正面にいる精悍《せいかん》な女性は騎士団長のガストで、もう一人のポニーテールのクール系な大人の女性は見たことがなかった。

……彼女は一体誰だろう。

首を傾《かし》げてよく見る。身長は百七十後半くらいで切れ長の目と美しい顔立ちは、性別を問わず惹きつけられる野性味を感じさせる。

洞察スキルで見抜《みぬ》けた情報によると、クールな精霊騎士の名前は『アハズヤ』というらしい。レベルは40で自分よりも10上であった。

玉座の間に漂う真剣《しんけん》な空気に、少しだけ緊張しながらクロ達と歩みを進める。

そしたら集中して話をしていた三人は此方に気が付き、その中でも険しい表情をしていたガストが安心するように頬を緩《ゆる》めた。

「おお、ソラ様！　天上から戻られたのだな！」

「ソラ様！　回復なされたのですね！」

玉座から立ち上がり、シルフはガストと駆け寄ってくる。

どこか安心した様子から、二人共かなり心配してくれていたのだと察する。

軽く頭を下げて、先ずはシルフ達に心配させた事を謝罪した。

「ご心配をおかけしてすみません。ユニークスキルの反動が大きすぎたみたいで、まさか気を失うとは思いませんでした」

「そのような事をおっしゃらないで下さい。ソラ様があの時に尽力《じんりょく》してくださったおかげで、私達は生き残る事ができたのですから」

「そうだ、目覚めたばかりなのだからムリはするな。……何せ天使長様の力をその身に宿したのだ。その負担は我々では想像する事もできない程《ほど》に大きいだろう」

「は、ははは……確かにそうなんですけど……」

戦いの後に気を失った事を、とても心配してくれていたのだろう。

二人に気圧されて、思わず後ろに一歩下がってしまう。

とはいえガストの言う通り、あのスキルはもしかしたら強力な分そういうデメリットが設定されている可能性はある。

何せ天命残数《てんめいざんすう》を一つ減らす事で発動する〈天使化〉は、無限のＭＰに加えて自由に空を飛んだりとチート級のスキルを複数使用できる。

だからもしも〈天使化〉する度に気を失うのなら、安易に使うことはできない。

一々気を失っていては、このように周りを心配させてしまうから。

でも強力なスキルを使わないのは、宝の持ち腐《ぐさ》れなんだよな……。

今後どうしたものかと、少しだけ頭を悩《なや》ませていたら、

『マスター、不安に思われているので説明します。〈天使化〉で負荷《ふか》が発生するのは最初だけです。現在はアバターに完全に適応しているので、今後はスキルを使用してもあのように気を失う事態にはなりません』

（お、それは助かる情報だな）

頭の中に聞こえる〈ルシフェル〉の言葉に少し安堵《あんど》した。

使用するリスクが〈天命残数〉を一つ減少させるだけなら、今後は戦いの場面に応じて〈天使化〉を大きな切り札にできる。前回はできなかったけど、この力とチート級の付与《ふよ》スキルを組み合わせたら面白い事もできそうだと思っている。

頭の中でそんな事を考えていると、不意に目の前に誰《だれ》かが立った。

思考を中断して視線を前に向けると、思わずドキッとする。

何故ならこの場で初めて会ったアハズヤが、自分とクロを品定めするような目つきでジッと見ていたからだ。

時間にして五秒くらいだろうか。彼女《かのじょ》は直《す》ぐに探《さぐ》るような目を止めると、謝罪と共に右手をそっと差し伸べてきた。

「……不躾《ぶしつけ》な目で見てしまい、すみません。〈バアル・ジェネラル〉を倒した英雄が、まさかこんな少女だとは驚きました」

「貴女《あなた》は……？」

「私は副団長のアハズヤ・デイム・コマンダー。この度は精霊族の為に心身を削《けず》る程の尽力をしていただいた事を、深く感謝します」

──本当は女じゃなくて男なんだけどな。

心の中で悲しく思いながらも、快く握手を交《か》わしたオレは彼女に名乗った。

「初めまして、冒険者《ぼうけんしゃ》ソラです」

「……わたしはクロです」

「ソラ殿《どの》とクロ殿か、これからよろしく頼みます」

軽い自己紹介を終えた後、立ち話はアレだからとシルフの指示でテーブルと椅子《いす》とティータイム用の道具一式が、メイド達《たち》の手によって運び込まれる。

彼女に促《うなが》される形で全員席に着いたら紅茶っぽい風味のお茶に口を付けた後、この場にいる全員に向けてアハズヤが話を切り出した。

「実はお二方に、この場に来てもらったのは他でもない。我々が現在直面しているこの国……いや、世界をも脅かす大きな二つの問題を話すためです」

「世界を脅かす、大きな二つの問題……」

「シルフ様と団長には先程お伝えしたんですが、先ず話さなければいけない一つ目は〈暴食の大災厄〉だと思っていた怪物《かいぶつ》が敵の王ではなかった事です」

「そ、それは本当ですか、アハズヤ姉様⁉」

ガタン、と大きな音を立てて驚いたアリアが椅子から勢いよく立ち上がる。

しかしこの件に関しては、オレとクロは全く動じなかった。

なんせ現実世界で既《すで》に、違う元凶《げんきょう》がいる事をネタバレされているからだ。もしも知らなかったら、今頃《いまごろ》は一緒《いっしょ》に「ナンダッテー⁉」と叫《さけ》んでいたかも知れない。

「ソラ殿達は、既に知っているみたいですね」

「ええ、まぁ……そうですね」

「流石は天上の冒険者。……アリア姫《ひめ》は既に〈バアルソルジャー〉の件で察していると思うので簡単に説明しますが、数日前に倒したのは敵の将軍であって〈真の王〉は未だ封印《ふういん》の地で眠《ねむ》っている事が先日の調査で分かったんです」

そう言いながら彼女が取り出したのは、手の平サイズの宝玉だった。

ワンタッチして起動させると空中にスクリーン映像みたいなものが投写されて、そこには見たことがない景色が映し出された。

先ず注目したのは、地面に突《つ》き刺《さ》さった大きな翡翠色の大結晶《けっしょう》。根本付近にいる精霊騎士と比較《ひかく》して、サイズは恐らく直径十メートルくらいだろう。

周囲には十二本の中くらいの結晶が等間隔《とうかんかく》に刺さっており、まるでリアルにある世界遺産のストーンサークルのような構造をしていた。

「これが封印の地の現状です。拡大しないと分かりにくいんですけど、大結晶に亀裂《きれつ》が生じてそこから〈バアル・ジェネラル〉が出現しました」

アハズヤが宝玉を操作すると、映像が拡大されて大結晶の亀裂が表示される。

僅《わず》かな隙間《すきま》からは、真っ黒な煙《けむり》が噴《ふ》き出していた。

一見では何の煙かは分からないが、よく観察していると映像が対象でも〈洞察〉スキルが働き、中にいる何かを読み取った。

『あの亀裂の向こうには、暴食の大災厄〈バアル・ゼブル・グラトニー〉が眠っています。煙は敵の強大な魔力《まりょく》が、形となって漏《も》れ出ているのだと推測します』

見抜いた情報を〈ルシフェル〉が口頭で教えてくれた。

他には目視では分かりづらいが、結晶に生じている亀裂は徐々《じょじょ》に広がっているらしい。

あのまま広がり切ったら、どうなるのかは考えるまでもなかった。

一方で自分のような便利な目を持っていないアハズヤは、ボスモンスターが出て来ても封印が現状維持《いじ》されている事と、ハエの兵士がいなくならない二点の事から大元がまだ中にいるという結論に至ったようだ。

そして亀裂が広がっている事には気付いているらしく、彼女の見積もりだと後一か月以内には封印が壊《こわ》れると語った。

「アレが本体ではなかったのですね……」

全てを聞いたアリアが、先程のシルフ達と同じように険しい顔をする。

確かに中ボスで全滅《ぜんめつ》しかけたのだから、ラスボスに同じ戦力で当たれば負けるのは確実だと自分も思う。

だから、もう一つの選択肢《せんたくし》は取れないのかアハズヤに聞いてみた。

「アハズヤ副団長、あの亀裂を修復して再封印はできないんですか？」

「亀裂を修復するのは無理ですね。封印を作ったのは天使達らしいのでたとえ天使長のお力を所持している貴女がいても、一人では何もできないと思います」

「なるほど、じゃあ倒すしかないというわけか」

「再封印に関しては方法がないわけではないんですが、ただこちらに関しては……」

何やら急に、アハズヤは言い淀《よど》む。

彼女は一瞬《いっしゅん》だけアリアを見た後、話の流れを絶つように大きな咳払《せきばら》いをした。

「ゴホン！　とにかく封印を修復するのは現状では不可能です。それよりも私が探し出した、別の対策を説明しましょう」

そう言うとアハズヤはスクリーンの画面を切り替《か》えて、今度は何やら大きな全体マップらしきものが表示された。

中心にあるのは、この精霊国《せいれいこく》〈エアリアル〉だった。

北東の方角には封印の地があって、そのまま北東に上ると今度は妖精《ようせい》の森があり、その森の中には妖精国〈ティターニア〉が存在する。

他にも南東の方角には『古《いにしえ》の墓森』というのがあるらしく、進んだ先には『森の神殿《しんでん》』がある事や、マップ内のとある二か所に赤印で丸が描《えが》かれていた。

上から見るとこうなっているのかと、感心しながらマップ内にある重要そうな場所をこの場に居ない仲間達に共有する為《ため》にスクリーンショットで保存しておく。

カシャッと会議の中で、けして鳴らしてはいけない音が鳴り「しまった」と思ったけどアハズヤはスルーしてマップの中にある神殿を指差した。

「解読した文献《ぶんけん》によると、古より〈森の神殿〉には大災厄の天敵と言われている天使の力を宿した〈翡翠の指輪〉が封印されています。それを回収する事ができれば、被害《ひがい》を最小限に減らして倒すことができるかも知れません」

「それがあれば、大災厄を倒せるの？」

「クロ殿、どの程度の力があるのかは文献には記載《きさい》されていないので分かりません。ですが指輪が、きっと大きな力になる事は間違《まちが》いないでしょう」

「……たしかに天使の力はスゴイ。それはオレが保証します」

「ソラ殿がそういうのでしたら、間違いありませんね」

次にアハズヤは、シルフ女王に視線を向ける。

みんなの注目を集める彼女は、真剣な顔で椅子からゆっくり立ち上がった。

オレの方に向かって歩いて来ると、右手で何もない空間をタッチして自身のストレージから『翡翠色に輝《かがや》く鍵』を取り出す。

サイズは一般的《いっぱんてき》な鍵と同じくらい。中世のヨーロッパのデザインを参考にしたのか、パッと見は鍵というよりアンティークである。

シルフは目の前で立ち止まると、取り出したその鍵を両手で掬《すく》うように持ちながら落さないよう丁寧《ていねい》に差し出してきた。

「ソラ様、神殿に入るには四つの鍵が必要となります。悪用を防ぐために今は〈エアリアル国〉と〈ティターニア国〉に一つずつ、そして各地の遺跡《いせき》に二つ隠《かく》しています」

——なるほど、こういう流れになるのか。

ここからどう動くのか分かったので、快くシルフが差し出してきた鍵を両手でそっと受け取った。

それによって以前と同じように、受けているクエストが進行する。

目の前に通知画面が開かれて【第二クエスト　蠅《はえ》の大災厄】の完了《かんりょう》と、同時に次の【第三クエスト　四宝の鍵回収】が開始された。

「わかりました、鍵を集めて指輪の回収に行けば良いんですね」

「ご理解が早くて助かります。けして簡単な依頼《いらい》ではありませんが、この国の未来を何卒《なにとぞ》宜《よろ》しくお願いします」

「もちろん、わたくしも微力《びりょく》ながらお手伝いします！」

頭を下げるシルフの横に、勢いよく椅子から立ち上がったアリアが並び立つ。

戦力は多い方が助かるけど、果たしてお姫様《ひめさま》という国にとって大事な存在である彼女を危険がいっぱいな外の世界に連れまわして良いのだろうか？

シルフ達をチラッと見るが、二人から反対する意見は出てこなかった。

アリアは胸を張って、自身が付いて行く理由を言い添《そ》える。

「それに〈ティターニア国〉で鍵を入手するのでしたら、わたくしがいた方が話がスムーズに進むと思いますので！」

「そういう事なら、遠慮《えんりょ》なく頼《たよ》らせてもらうよ」

隣《となり》でクロもアリアと旅ができる事を「やった！」と声に出して喜び、椅子から立ち上がって彼女と手を繋《つな》ぎ仲良く飛び跳《は》ねた。

……美少女同士の仲睦《むつ》まじい光景は、やはり良いものだ。

実にほっこりする光景に、いつまでも眺《なが》めていたい気持ちになる。

というわけで話が終わると、二つの世界を救うために鍵を求めて〈ティターニア国〉に向かう準備をすることになった。

②

あれから街で必要な装備を整えた後〈エアリアル国〉を訪《おとず》れた時の三人パーティーに新たに、アハズヤという心強い仲間が加わって出発した。

同じような景色が続く森の中、先導しているアハズヤの後ろをオレとクロとアリアは横に並んで付いて行く。

パーティーの装備に関しては、クロは鎧ドレスの金属パーツをアップデートして、アリアが神官の服に軽金属の防具を追加したくらいだ。

自分は変わらず初期の服にドラグコートを羽織るスタイル。

唯一の変更点《へんこうてん》は、両手に装備する黒のグローブインナー〈ジェネラル・グローブ〉を装備したくらいだろうか。

この新装備は前回、〈バアル・ジェネラル〉を倒した時に獲得《かくとく》したレアアイテム。その効果は拳《こぶし》でアクションを行った際に、システムアシストが働くらしい。

つまりこれがあれば、職業〈格闘家《かくとうか》〉じゃなくても拳攻撃《こうげき》が可能となる。

――以前に自分は、必要に迫《せま》られて素手《すで》でスキルを使用した事があった。

でもアレは手刀じゃないと発動しないし、突き技以外の斬撃系はやはり刃物《はもの》でないと威《い》力《りょく》がゴミという悲しき検証結果がSNSに投稿《とうこう》されていた。

だからこの新規装備は、必ず今後の戦いに大きく貢献《こうけん》してくれるはず。

（それにレベル40の彼女が仲間になってくれるのは、メチャクチャ助かるな……）

前方を歩く副団長の背を見て、オレは心の中で感謝する。

なんでアハズヤがパーティーに加わったのか説明すると、それは赤印のしてあった二つの遺跡攻略《いせきこうりゃく》を手伝う為らしい。

国を出てから既に一時間が経過しているけど副団長という役職に相応しく、先頭を歩く彼女の姿に隙《すき》は全く見当たらない。

茂《しげ》みの中から〈バアルソルジャー〉が数体出てきても、慌てずに腰《こし》に下げている長剣《ちょうけん》〈シルフィード・ソード〉を抜いて真っ二つにする光景は、正に壮観《そうかん》の一言であった。

オマケに自分は何もしていないのに経験値が勝手に入るのが素晴《すば》らしい。ログインした時にレベル30だったのが、既に一つ上がっていた。

このまま遺跡に真っすぐ向かわずに遠回りをして、アハズヤに延々と〈バアルソルジャー〉狩《が》りをさせる悪い考えが頭をよぎるくらいだった。

でも残念ながら、そんな空気の読めない提案をする度胸はない。

というか言ったら間違いなく、他の二人から怒《おこ》られそうな気がする。

これが親友の二人ならば、シンは賛成してロウが反対する流れになるだろう。

だけどクロは自分程のゲーマーではないし、アリアに至ってはこの世界の住人。

今はゲーマー魂《だましい》を大人しくさせて、楽しそうなクロとアリアの会話にオレは黙《だま》って耳を傾ける事しか出来なかった。

「アハズヤ姉様は凄《すご》いんですよ。十八歳《さい》の時にガストさん以外の騎士達を全員倒して、お母様から〈シルフィード・ソード〉を頂き副団長の座についたのですから」

「十八歳で……アハズヤさんって、凄い人なんだね」

「ええ、それはもう！　他にも上位騎士が六人掛《が》かりで倒す〈フォレストベア〉を単独で倒されたり、他にも養成学校に在籍《ざいせき》していた時には常に学術で一位を取ったりと、次期団長筆頭候補として国中の人々から期待されているのです！」

「アリア姫、そんなに褒《ほ》めないで下さい。流石《さすが》に照れます……」

先程からずっとアリアにべた褒《ぼ》めされているアハズヤは、歩きながら振《ふ》り向くと困ったような表情を浮《う》かべた。

「えー、自慢《じまん》の姉ですから良いではありませんか」

「恥《は》ずかしいのでダメです」

「むう……、アハズヤ姉様は照れ屋すぎます……」

きっぱりとNGを出された彼女は、実に不服そうな顔をする。

はたから見た感想としては、二人のその様子は微笑《ほほえ》ましい姉妹《しまい》って感じだった。

流石に面と向かって、止めてほしいと言われて続けるほどアリアもお馬鹿ではない。

弾丸《だんがん》のように言葉を放っていた口を閉じて、大人しく歩くようになった。

姉の言う事を素直《すなお》に聞く妹の図に、オレは頰《ほお》を緩めた。

「アリアは、アハズヤ副団長の事が好きなんだな」

「はい！　何せ小さい時からアハズヤ姉様とは、城の中で常に一緒にいて寝食《しんしょく》を共にしていましたから！」

「幼少期のアリア姫は本当に可愛《かわい》らしかったです。……ただ大きくなったら私と結婚《けっこん》すると言っていたのは、とても困りましたが」

「ほう、それはそれは……」

「アリアちゃん、副団長さんとそんな関係なんだ」

アハズヤから思いもよらない美味《おい》しい過去情報を提供されたオレとクロは、揃って羨望《せんぼう》の眼差しをお姫様に向けた。

注目された彼女は、慌てて頭を左右にブンブン振り否定する。

「ち、小さい時のお話ですよ！　今は気になってる方が、ちゃんといるんですから！」

「ほほう、それは一体誰なのかな？」

「ソラ様⁉」

一瞬の隙を見せたアリアに、ここぞとばかりにオレは追撃《ついげき》を仕掛《しか》ける。

お姫様が思いを寄せる相手と言ったら大抵《たいてい》は隣国《りんごく》の王子様とかが思いつくが、そういった存在は今のところ一つも聞いた事がない。

一体誰が気になるのか、今後の事も考えて是非《ぜひ》とも聞いておきたい。

もしかしたら、何かのイベントに繋がる可能性も考えられるから。

詰《つ》め寄られた彼女は「それは……」と言葉を詰まらせると、よほど口にしづらい内容なのか逃《に》げるように後ろに数歩下がった。

それを追いかけて歩み寄ってみたら、アリアは更に後ろに逃げる。

これを繰《く》り返すと彼女は、精霊の木に背中がぶつかり逃げ場《ば》を失った。

更に追い詰めて、手を木にドンと突き迫ってみた。

この状況《じょうきょう》では、もう逃げる事はできない。

顔が間近まで寄ると、アリアは羞恥心《しゅうちしん》で真っ赤になる。

遂《つい》には耐えられなくなったのか。目の前にいるオレを全力で振り払《はら》った後、脱兎《だっと》の如く静観していたアハズヤの背に逃げた。

「ふふふ、ソラ殿。すみませんが悪戯《いたずら》はそこまでにして下さい」

「ご、ごめん。……反応が可愛かったから、つい調子に乗っちゃった」

「だそうです、アリア姫。可愛かったみたいですよ？」

「────っ!!」

話を振られたアリアは、余程《よほど》うっぷんが溜《た》まっていたらしい。

両手で握《にぎ》り拳を作って、盾《たて》になってくれているアハズヤをポカポカと軽く何度も叩《たた》いた。

だけど彼女は何も言わず、笑いながらその八つ当たりを受け入れる。

理解できない光景に首を傾げていたら、隣にやって来たクロが意地悪をされていないのに何故《なぜ》か半目で自分の事を睨《にら》みつけてきた。

このパターンは身に覚えがある。選択肢を誤るとお仕置きが飛んでくる奴《やつ》だ。

突然《とつぜん》の事態にオレは苦手な恋愛《れんあい》シミュレーションゲームの選択肢から選ぶように、恐《おそ》る恐る地雷《じらい》を踏《ふ》みぬかないように尋ねてみた。

「……クロさん？　なにか、お気に障《さわ》りました？」

「むう、ソラのばーか」

「ぐふぁ⁉」

鋭《するど》い肘打ちが、選択をミスしたオレの脇腹《わきばら》に叩き込《こ》まれた。

どうやら女性の身体になっても、乙女心《おとめごころ》を理解する事は自分にはできないみたいだ。

それからクロはしばらく不機嫌《ふきげん》オーラを纏《まと》い、アリアはアハズヤの側でずっとチラ見してくるという先が不安になる旅が続いた。

③

遺跡というのは、やはりダンジョンの事だったらしい。

古い石扉の前に到着《とうちゃく》すると、アハズヤに指示されてアリアが石の扉に触《ふ》れる。

そしたら固く閉ざされていた扉が、ゆっくりと上にスライドしていく。

中を覗《のぞ》いて見たら、そこは広く洞窟《どうくつ》っぽい構造をしていることが分かった。

入って危険がないか、安全を確認《かくにん》する為にオレが先行する事に。

大きな扉を通ると、そこは六人以上が入っても余裕《よゆう》のある広い空間だった。

デザインは古い遺跡をイメージして、全体的に木の根っこと青苔《せいたい》が生えている。それに加え湿気《しっけ》を含《ふく》んだ独特な空気で、実にじめじめしている。

どうやら明かりの類は一つもないらしい、先の見えない真っ暗な闇《やみ》はオバケが出そうな不気味な雰囲気《ふんいき》を感じた。

……ヤバい、とてもワクワクするぞ。

VRゲームのダンジョンに挑戦《ちょうせん》するのは何度経験しても飽《あ》きる事はないし、毎回童心が刺激《しげき》されて先を進みたい衝動に駆られる。

だけど今はソロではなくパーティープレイの最中、この状況下での身勝手な独断先行は迷惑《めいわく》でしかないので、絶対に許されないしやってはいけない。

「オーケー、危険はないからどんどん入って来て」

「ふぇ、思ってたより暗い……って、何か変な感じがしない？」

「変な感じ？」

次に洞窟に入ってきたクロが、先の見えない深い闇を見て怯《おび》えた後、不意に何かを察知したかのように周囲をきょろきょろ見回した。

確かにダンジョンの中に入った瞬間《しゅんかん》に、まるで外と切り離《はな》されたような感覚がした。そしてこれに関して自分は、ずっと前に何度も体験した事がある。

「多分、ここはインスタンスダンジョンなんだろうな」

「……インスタンス、なにそれ？」

「わかりやすく説明するなら、普段《ふだん》オレ達がいるフィールドは他のプレイヤーと共有するパブリックスペースなんだよ。そんでこのダンジョンはユニークシナリオを進めているオレ達以外、入る事ができない専用の場所って事だと思う」

「へえー、そういうのがあるんだね」

念《ねん》の為に〈ルシフェル〉に聞いてみたら、『マスターがクロ様に解説した通りです』という正解の回答を貰《もら》った。

ここが専用ダンジョンである理由は、恐らく鍵《かぎ》の存在があるからだろう。

攻略掲示板《こうりゃくけいじばん》で確認した〈アストラル・オンライン〉のダンジョンの仕様は、クエストチャレンジ中のパーティーがいる場合、他のプレイヤーは入れなくなるというもの。

クリアすると中はリセットされて、最深部にいるボスモンスターだけではなく設置されていた宝箱の中身も同時に復活する。

この仕様をこのダンジョンにも適応させてしまうと、万が一に他のパーティーがクリアした際に四つの鍵が増える事になってしまう。

そういった矛盾《むじゅん》を解決する為に、こういった特殊《とくしゅ》な場所が必要なのだ。

だから他のプレイヤーが、このダンジョンの前を通ったとしても入り口を視認《しにん》する事は出来ないし入ることもできない。

二人で安全を確認したら、次にアリアがアハズヤと一緒に入って来た。

独特な臭《にお》いにアリアは、一瞬だけ顔をしかめる。しかし直ぐに慣れたのか真っ暗なダンジョン内を照らす為に、ストレージからランタンを取り出した。

周囲が明るく照らされると、奥《おく》から何かが接近してくるのが確認できる。警戒《けいかい》する中で姿を現したのは、二体の新規モンスター〈ルインズ・アント〉だった。

サイズに関しては、自分達の腰くらいしかない。

外見はリアルよりで、昆虫嫌《こんちゅうぎら》いにとっては中々に恐怖心《きょうふしん》を煽《あお》られそうだ。

『マスター、レベル30のアリ型モンスターです。攻撃《こうげき》手段は噛《か》みつきと酸を吐《は》いて来るので、離れていても油断はしないで下さい』

「……オーケー、ここはオレがやるか」

先手必勝。白銀の片手用直剣《ちょっけん》〈シルヴァ・ブレイド〉を抜《ぬ》いて突進《とっしん》スキル〈ソニック・ソード〉を発動させて、単身で前に飛び出した。

アリイイイ、というアリ型モンスターである事を露骨《ろこつ》に主張するような叫び声を上げて、口から吐き出された酸攻撃が自分に向かって飛んでくる。

でも残念ながら、これに関しては初見ではない。

以前に見たスライム系と同じ速度の遅《おそ》いブレス攻撃を冷静に見極《みきわ》め、スキルをキャンセルして左右に高速ステップをして抜けた。

クールタイムを終えた突進スキルを再発動したら、

「ふんっ！」

一気に間合いを詰めて突進をキャンセル。そこから水平二連撃〈デュアルネイル〉に繋げて、左右にいた二体をまとめて切り裂《さ》く。

残ったHPは三割程度、……なるほど中々に防御《ぼうぎょ》値が高いようだ。

それならと刺突《しとつ》技〈ストライク・ソード〉で、右側にいた敵を撃《う》ち抜いて倒《たお》す。

更に左側にいた〈ルインズ・アント〉が噛みついて来るのを、冷静にタイミングを見計らって空いた左拳で振り向きざまに頭を叩く。

システムアシストで威力をブーストされた裏拳《うらけん》は、パリィの判定によって〈ルインズ・アント〉のHPを削って動きを一時的に止めた。

「せいッ！」

柔《やわ》らかそうな首を狙《ねら》い、白銀の刃《やいば》を振り上げて最後に残ったHPを削り切る。

巨大《きょだい》なアリの身体は、光の粒子《りゅうし》に変わり洞窟内《どうくつない》に散った。

「スキルの超高等《ちょうこうとう》技だけではなく、拳でアントの噛みつきをパリィするとは何たる異次元の技量。これが〈白銀の天使〉の実力か……」

二体を二十秒くらいで瞬殺《しゅんさつ》したオレに、アハズヤが目を大きく見開き身震《みぶる》いする。

いくらなんでも驚《おどろ》き過ぎでは、と思うけどキャンセル技に関してはどうやら副団長クラスでも難しい技らしい。

まだ付与スキルの超強化《ちょうきょうか》すら使っていないのに大げさだと言おうとしたら、その前にアリアが誇《ほこ》らしげに胸を張った。

「ソラ様ですからね、あのようなモンスターが何体いても敵ではありません！」

「それはとても心強いですね」

まるで自分の事のように、ドヤ顔しているアリアが余程面白《よほどおもしろ》かったのか、アハズヤは頷《うなず》きながら実に微笑ましそうな顔をする。

彼女はアリアの頭を軽く撫《な》でながら、こちらに視線を投げかけた。

「さて、いよいよ遺跡の攻略《こうりゃく》を始めるわけなんですが、狭《せま》い通路内では瞬発力《しゅんぱつりょく》と柔軟《じゅうなん》な対応が求められます。……それを考えるのなら、安定した陣形《じんけい》はソラ殿と私が先頭と最後尾《さいこうび》を歩いた方が良いと思いますが、ソラ殿の意見はいかがでしょうか?」

「それなら感知と洞察《どうさつ》で、何が来ても即《そく》対応できるオレが先頭ですね」

「承知しました。それでしたら後ろは、私がお守りしましょう」

「わたくしは、巫女《みこ》のバフで皆《みな》さんを支援《しえん》します!」

「わかった、それならクロはアリアを守ってくれ。基本的には、オレとアハズヤ副団長が討《う》ち漏らした敵を片付ける役割だな」

「りょーかい」

地味に判断力を求められる役割だが、クロは素直に従い魔法《まほう》灯を手に持って祈《いの》りの構えをするアリアの側にぴったりつく。

先頭を務める事になったオレが前に立つと、クロとアリアがその後に並び最後尾でアハズヤが警戒する陣形となった。

中央にいるアリアの魔法灯が照らせる範囲《はんい》は広くないが、〈感知〉スキルは暗いダンジョン内でも最大で十メートルまで把握《はあく》することができる。

敵や罠《わな》などがあったらサポートAIの〈ルシフェル〉に報告するようにお願いして、ダンジョン攻略を開始した。

④

それから数十分後、モンスター達を倒しながら歩いていたら。

『──前方から闇の信仰者《しんこうしゃ》〈ダーク・レフュジー〉が六体、後方から五体仕掛けてきます』

迷路《めいろ》のような洞窟内で常時発動している索敵《さくてき》に、もう十回目くらいになる黒いローブに仮面を身に着けたＮＰＣの襲撃《しゅうげき》を〈ルシフェル〉が報告してくれた。

「前から〈ダーク・レフュジー〉が六体、後ろから五体！　全員に今から〈ハイストレングス〉と〈ハイプロテクト〉を付与するぞ！」

「承知しました！」

受けた報告をそのまま伝え、付与スキルを使用したらアハズヤが素早《すばや》く身構える。

狭い通路で前後からの急な挟《はさ》み撃ち、しかも数は合計で十一体。

普通《ふつう》のプレイヤーならば、気づかずに敵の奇襲《きしゅう》を受けてパニックになるところだが今回の彼等《かれ》は相手が悪い。

オレには通用しないどころか、逆に先制攻撃のチャンスとなるのだから。

「数が多いから、討ち漏らしに注意！」

「祈ります！」

アリアの巫女バフが、付与スキルに追加される形で全員に掛かる。

強化された突進スキルで、オレとアハズヤは不意打ちする事に成功。常に優位を保ちながら、向かってきた敵の攻撃をパリィして一体ずつ経験値に変えた。

抜けてしまった敵に関しては、クロが居合切り〈瞬断《シュンダン》〉でまとめて処理してピンチに陥《おちい》ることなく戦闘《せんとう》は終了《しゅうりょう》した。

マジックポーションを飲みながら周囲を警戒していると、アハズヤが通常ポーションを飲み干してこんな感想を漏らした。

「少しだけ攻撃を受けましたが、中級の付与スキルとは凄《すさ》まじいものですね。まさかHPがたったの一ミリしか削れないとは……」

「ソラ様の付与スキルは異常なので、他の〈付与魔術師《ふよまじゅつし》〉とは比較にならないと思います」

「たしかに〈付与魔術師〉は、基本的に後衛ポジションでビルドもMP全振りになるから、前衛であんなに連続して使用できるのは一人もいないね。オマケに中級を二つも使えるのは、世界中探してもソラしかいないと思う」

改めて聞かされると、チートスキルがいかに異常なのかを認識《にんしき》させられる。

飲み干したマジックポーションの空瓶《あきびん》が光の粒子となって散るのを見送りながら、オレは話題を変更《へんこう》する為に倒した敵を見下ろした。

「ふぅ……まさか闇落ちして、敵対した精霊族の相手をする事になるとは」

「闇の信仰者は世界を亡《ほろ》ぼす為に、大災厄《さいやく》に対抗《たいこう》できる力を持つ王族の命を狙っていますからね。まさかこんな場所に現れるとは思いませんでしたが……」

「世界に絶望して善意を失った彼らは、わたくし達の敵です。悲しい事ですが、ああなったら倒す事でしか救う事はできないんです」

冥福《めいふく》を祈りながら、アリアは悲しみの思いをこぼす。

一体何があって、あんな姿になってしまうんだろう……。

疑問に思うけれど、今は質問ができるような雰囲気ではないので黙っておく。

気を取り直し、そこから迷路のようになっている通路を四人で彷徨《さまよ》っていたら今度はやたら大きな通路に出た。ゴール部屋が近いのかと思って見たら、

『マスター、通路のいたるところに床《ゆか》を踏むと発動する罠があります。赤色で表示しますので、けして踏まないように注意してください』

「ひぇ……っ⁉」

〈ルシフェル〉が警告するのと同時に目の前に表示されたのは、一回でも足を滑《すべ》らせたら罠が作動する殆《ほとん》ど真っ赤な光景だった。

スキルで把握できる道の長さは、およそ五十メートル。

安全なルートは人が一人通るのでやっとな横幅《よこはば》しかない上に、地面全体が水浸《みずびた》しで若干《じゃっかん》滑りやすくなっている。

こんなヤベーの考えたヤツ誰だよ！

内心で悪態を吐きながら中の様子をクロ達に全て説明したら、それを聞いた三人も同じように顔を真っ青にした。

だけど他の通路は全てマッピング済み、ここを避《さ》けて通る事は出来ない。

けして自分が歩いた場所以外の地面は踏まないように伝えた後、幼い頃《ころ》によく遊んだ機関車ごっこのような形で危険な通路に足を踏み入れる。

「良いか、足を滑らせたらその時点でアウトだぞ」

「なんでこの道、地面がヌルヌルしてるの……」

「…………ふぇえ」

「アリア姫が、もうマトモに喋《しゃべ》る余裕もありません！」

恐らく土が混ざって泥《どろ》みたいになっているのだろう。

少しでも気を抜いたら、その時点で足が滑ってしまう。

モンスターを相手にするのとは違《ちが》うベクトルの緊張感《きんちょうかん》に包まれながら、それでも引き返す事は出来ないので、ゆっくり一歩ずつ足を前に進める。

確認できるだけでも罠は『左右から矢が飛んでくる』『モンスターが数体発生する』『天《てん》井《じょう》が迫って来る』『毒ガスが発生する』と危険なものが多数あった。

どれを踏んでも、パーティーが全滅しそうなモノばかりである。

一回でも誰《だれ》かがドジったらヤバいと、心の中でノーミスを祈りながら進むこと数分後。

オレを含めて全員の口数が無くなり、みんなが足元に全神経を集中させていたら前方に罠通路の出口が見えてきた。

（ふう、あと少しで抜けられるな。アリアも良く頑張《がんば》って――）

このタイミングで後ろから「あ……」と、何やらとても嫌《いや》な呟《つぶや》きが聞こえた。

慌《あわ》てて振り返ったら、そこには足を滑らせたアリアの姿があった。

転倒《てんとう》スタンは一番ヤバいと思って、危険を承知で助けに行こうとする。

すると彼女《かのじょ》の後ろにいたアハズヤが、いつでも動けるように構えていたらしい。とっさに胴体《どうたい》を掴《つか》んで、彼女が赤い床にダイブするのを防いだ。

「あ、危ないところでした……」

「アハズヤ副団長、ナイスプレイです……」

しかも踏ん張りが利きづらい地面なのに、滑らず耐《た》えている。

たとえ自分が同じ事をしても、支えられずに倒れてしまうだろう。

一体どういう事なのか〈洞察〉スキルで確認してみたら、アハズヤは見たことがないスキル〈イモウビリティ〉というのを発動していた。

効果は『使用者が不動になる』という、実にシンプルなスキルだった。

通常の用途《ようと》としては恐らく、敵の攻撃を防御した際に吹《ふ》っ飛ばされないようにするスキルなんだと思うが、まさかそれを利用するなんて。

感心していると、助けられたお姫様は涙目《なみだめ》で感謝の言葉を口にした。

「あ、アハズヤ姉様、ありがとうございます……」

「アリア姫なら必ずやると思って、警戒していて正解でした」

脱力《だつりょく》して膝《ひざ》を突きそうなアリアを、アハズヤは抱《だ》き締《し》める。

ここまでドジを発動させなかったアリアも良く頑張ったし、彼女をいつでもサポートできるようにしていたアハズヤにも感服。

一度足を止めて全員の呼吸を整えたら、オレ達《たち》は焦《あせ》らずにゆっくり進んで遂には罠だらけの通路を抜ける事に成功した。

しかも抜けた先は行き止まりで、どうみても最後の場所ですと言わんばかりに今までと違って豪奢《ごうしゃ》な作りをしている。

最奥《さいおう》に一つだけ設置されている結晶《けっしょう》で作られた半透明《はんとうめい》の台座には、自分達が目的としていた青色に輝く『鍵』らしき物が刺《さ》さっていた。

クロ達と顔を見合わせた後、最後に〈洞察〉スキルでゴールに油断したプレイヤーをはめる罠がないか確認する。

安全であることが分かると、それを全員に伝えて台座に駆《か》け寄った。

「ソラ、これってまさか！」

「ああ、目的の鍵に間違いない！」

「やりましたね、ソラ様！」

所持している〈翡翠《ひすい》の鍵〉をストレージから出して比較《ひかく》してみると、色が違う事を除けば形状は全く同じモノだった。

それに加えて〈洞察〉スキルも、これが本物である事を証明してくれている。

ゲームを開始してお昼前に二つ目の鍵が手に入るとは、すごく順調なのではないか？

みんなが見守る中で、パーティーの代表として台座から鍵を手にする。

そうしたら周囲から少女の声で、【Dungeon Complete】というアナウンスが聞こえた。

『マスター、お疲《つか》れ様《さま》です。これより入り口まで転移します』

〈ルシフェル〉が告げるのと同時に全員の身体が光の粒子に包まれると、オレ達はこの場から入り口まで一気に帰還《きかん》するのであった。

⑤

戻《もど》ったらお昼時という事もあり、テントで一回ログアウトして現実世界で昼飯と休憩《きゅうけい》を済ませた後にオレとクロは再ログインした。

目を覚ますと、そこは一番小さい三人用の真っ暗なプライベートルーム内。

何故か下着姿で寝《ね》ているアリアの抱きつき攻撃を、とっさに片手でガードしながらコートなどの装備を済ませ、何事もなかったかのように外に出た。

（……女の子の下着姿とか、前ならパニックになっただろうな）

この身体になってから、女子に対する免疫力《めんえきりょく》が強化されている気がする。

下着姿なんて自分の身体で見慣れているし、毎回トイレの際に直視《ちょくし》するのを避けているのだから、今さらアリアの下着姿では動じない。

流石にクロの裸《はだか》を見た後は、一晩中ずっとドキドキしてたけど……。

背後では少し遅れてログインしたクロが、寝ぼけたアリアに捕《つか》まったらしい。

小さな悲鳴が外にまで漏《も》れていた。

心の中で頑張れと応援《おうえん》しながら、外で見張りをしていたアハズヤに軽く挨拶《あいさつ》をして、武器の整備をする為に少し離れた地面に腰を下ろす。

ストレージから取り出したのは、耐久値《たいきゅう》を回復させる研磨石《けんま》〈グラインドストーン〉。

使用回数は三回で〈鍛冶職人《かじ》〉が使えば回数は十倍になる上に、一週間くらい耐久値が上昇《じょうしょう》する効果を付与《ふよ》できるアイテムである。

鞘《さや》から抜いた剣《けん》の表面をシャッシャッとリズミカルに手にした石で軽く擦《こす》ると、僅《わず》かに減少していた耐久値が徐々《じょじょ》に回復していく。

単純な作業は、何も考えなくて良いから好きだ。

こうやっているだけで自分が性転換《せいてんかん》してしまった事とか、現実世界に現れた神様とか〈精霊の木〉の問題とか色々な悩《なや》みを忘れられる。

集中して研《と》ぎ作業を終え、後二回の使用で壊《こわ》れる研磨石を片付けるとアハズヤが此方《こちら》をじっと見ている事に気が付く。

一体どうしたのだろう、と首を傾《かし》げたら彼女は神妙《しんみょう》な面持《おもも》ちで話を切り出した。

「あんなにも楽しそうなアリア姫《ひめ》は久しぶりに見ました。……ここ最近は落ち込むことがあって、ずっと自室に引きこもられていたので」

「え、そうなんですか？　会った時から、あんな感じだったんですけど」

「それはきっとソラ殿《どの》とクロ殿のおかげだと思います。お二方といたら楽しくて、不思議とこちらも元気がわいてくるんですよ」

「それは幸いというか照れるというか……」

大人のアハズヤに面と向かって褒められて、流石に少しだけくすぐったく思う。

だけど彼女は茶化《ちゃか》すことなく、真剣《しんけん》な眼差《まなざ》しを向けていた。

まずい、そんなに見つめられると緊張して何も言えなくなる。

師匠《ししょう》と同じ大人でクールビューティーな見た目の彼女は、クロやアリアとは違うベクトルでドキドキしてしまう。

返答に困ってみっともなく右往左往していたら、彼女はくすりと笑《え》みを浮かべた後に騒々《そうぞう》しいテントに軽く触れて、どこか遠い目をした。

「大丈夫《だいじょうぶ》ですか、どこか具合でも……」

「いえ、すみません。少し考え事をしていただけです」

「考え事……？」

「……待っている間ヒマなので、此処《ここ》は一つ身の上話でもしましょう。例えば私とシルフ様達が出会った話とかどうです？」

「シルフ女王達との出会い……」

少しだけ興味を持つと、彼女は頷いて昔話を始めた。

「この森には昔、大きな村がありました。そこでは〈暴食の眷属《けんぞく》〉が封印《ふういん》されていて、住んでいる村人の使命はその封印を守ることでした」

「暴食の眷属が封印された村……」

「幼い時に私は、その村に両親と引っ越《こ》してきました。村の人達は優《やさ》しかったですし友人もできました。何一つ不自由のない生活だったんですけど……」

遠い過去の出来事を語りながら、アハズヤは空を見上げて続けた。

「ある日、闇の信仰者《しんこうしゃ》達の手によって封印が解かれて村はあっという間に壊滅《かいめつ》。その時に友人も両親も含め全て失った私は、最後に両親から言われた通り森に逃げました。……そんな時に出会ったんです、シルフ様と護衛のガスト様に。モンスターは駆けつけた〈エアリアル国〉の騎士《きし》達と、とある二人の冒険者によって倒されました」

「冒険者って、オレやクロと同じ天上の？」

「はい、そうです。お名前は聞けませんでしたが、とてもお強いお二方でしたよ。村にいた騎士が手も足も出なかった怪物《かいぶつ》を、二人だけで終始圧倒《あっとう》していましたから」

彼女の幼少期には〈アストラル・オンライン〉はまだリリースされていない。考えられるとしたら、それは恐らくゲーム内に設けられた架空《かくう》の英雄的《えいゆうてき》な冒険者だろう。

聞かされた悲惨《ひさん》な話は、ファンタジーを舞台《ぶたい》としたゲームではそう珍《めずら》しくない。

むしろ扱《あつか》われている題材は、どれもテンプレなものばかりである。

胸がギュッと締め付けられるけど、特筆すべきものは何もない。

……でも、何かが引っ掛かる。これに関しては理屈《りくつ》とかではなく、長年色々なゲームをプレイして来た〝ゲーマーとしての直感〟が重要な話だと訴《うった》えかけている。

取りあえず頭の片隅《かたすみ》に記憶《きおく》しておくことにして、オレは彼女の昔話に耳を傾《かたむ》けた。

「そのまま私は、シルフ様のご厚意《こうい》で城に住むことになりました。最初はショックで与《あた》えられた部屋に、ずっと引きこもっていましたけど……」

確かに全てを失うのは辛《つら》い事だ。

それまで積み上げてきたものを、たった一度のミスで壊してしまった自分には、彼女が引きこもりになった事が痛いほどに理解できる。

暗い話にしんみりしていると、ここでアハズヤは声のトーンを一つ上げた。

「──ですが、そんな私にシルフ様とともに毎日会いに来てくださったお方がいたんです。それが姉と慕《した》ってくださる、アリア姫でした」

彼女との思い出を、アハズヤは口元に微笑《びしょう》を浮かべながら語った。

「最初は冷やかしだと思っていたので、仲良くするつもりはありませんでした。ですが無視されても冷たくされても、諦《あきら》めずに毎日通い続ける天然ドジの彼女に少しずつですが私の警戒心《けいかいしん》は解けていったんです」

「なるほど、そして今の関係になったんですか？」

「ええ、毎日ドジをするアリア姫を見ていたら、ほっとくことが出来なくて……」

　彼女の気持ちは、何となく分かる。

　天然ドジっ子のアリアは確かに、見ていると危なっかしい場面が良くある。そういう姿は人によっては、自分が守らなければと強い庇護《ひご》欲を掻《か》き立てられるだろう。

「アリア姫の天然ドジは、中々に凄かったです。なんせ目の前で小鳥を追いかけて、城の窓から転落しかけたのですから」

「それは……なんというか……」

　以前にアリアが蝶々《ちょうちょう》を追いかけて死にかけたのを知っているので、容易にその時の光景が脳裏《のうり》で再生できてしまい、何とも言えない顔になった。

　そんな自分の反応から何か察したらしいアハズヤは、苦笑《くしょう》交じりに呟いた。

「ですから私が騎士団《きしだん》に入ろうと思ったのも、ああ……この子は強くなって自分が守ってあげないと、いつか死ぬと心の底から思ったからです」

　本人がこの場で聞いたら文句が出そうな言葉を口にしながら、彼女は当時を思い出しているのか、空を見上げ遠い目をしていた。

「予言で復活するといわれる〈ルシフェル〉様に会いに行く為《ため》とはいえ、あの子を一人で誓約《せいやく》の道に向かわせた時は血反吐《ちへど》を吐くような思いでした……」

「あー、あの時の事か」

確かに会った時の一回と、クロと合流して戻って来た時の一回の合計して二回も大ピンチになっていた。

しかも出発した後の道中もドジっ子プレイをしていて、これは放置したら死んでしまうのではないかと何度も不安になったものだ。

当時の話をしたら、この人は卒倒《そっとう》するんじゃないか。そんな事を考えていたら会話はいつの間にか、アリアのドジな過去話に変わっていた。

幼少期にあった数々の危険なエピソード。くすっと笑えるものから背筋がゾッとするものまであり、今のお姫様が昔よりは成長している事を知ることができた。

しきりに頷いて感心していたら、そこでかつてないレベルで疲弊《ひへい》した様子のクロと寝ぼけ気味《ぎみ》のお姫様が、ようやくテントの中から出て来た。

話を中断した自分とアハズヤの意識は、自然と彼女達《かのじょたち》の方を向いた。

「……クロ、すごく苦労したんだろうな」

「……相変わらず、寝起《ねお》きが悪いですね」

オレの姿を確認したら、いつも元気なクロはぐったりと身を寄せてきた。

「服を装備しようとして間違《まちが》って全裸《ぜんら》になったり、そのまま抱き着いてきたりで付きっ切りで介護《かいご》するのに疲れちゃった。……次はソラに任せるね」

「いやぁ、寝起きの女子の相手をオレがするのはちょっと……」

「そういう時は、これを差し上げたら良いですよ」

だらしない姿のお姫様に、アハズヤは苦笑して事前に用意していた飲み物が入ったカップを差し出す。

なんの警戒もしないで受け取ってカップの縁《ふち》に口を付けたアリアは、急に目を大きく開いて苦虫を噛《か》み潰《つぶ》したような顔をした。

「ぐにゅ！　……お、お砂糖の入ってないコーヒーは苦いですぅ！」

どうやらアハズヤが渡《わた》したのは、ブラックコーヒーらしい。

クロも砂糖なしは苦手なのか、嘆《なげ》くアリアの様子に少し同情していた。

昔はオレも無糖コーヒーが苦手だったな……。

二人を見てそんな感想を抱きながら、口直しを求めるアリアに〈エアリアル国〉を出る前に購入《こうにゅう》した甘《あま》いチョコレートをストレージから出して渡す。

小さいサイズのチョコを受け取り、一口で食べた彼女はホッとした。

「むぐむぐ……ふう、助かりましたぁ……」

「アリア姫は相変わらず、苦いのがダメなんですね」

「……むう、苦いコーヒーを飲ませるなんてアハズヤ姉様は鬼《おに》です」

「すまない事をしました。でも今は大事な任務を受けている最中、気を抜くことも大事ですが抜き過ぎるのも良くない事は分かっていますよね？」

「それは、ごもっともです……」

正論を言われたアリアは納得《なっとく》して、背筋を真っすぐピシッと正す。

指摘《してき》されて反発したり落ち込むのではなく、ちゃんと聞き入れて自身を正す姿勢は人として立派なものだ。

隣《となり》でおねだりしているクロにもチョコレートを渡したら、彼女は数粒《すうつぶ》を一気に頬張《ほおば》り至福の表情を浮《う》かべた。

「そんじゃ、そろそろ出発しようか」

役割を終えたテントを収納して、この場から出発する準備を終えたら足並みを揃《そろ》えて次の遺跡《いせき》に向かった。

⑥

三つ目の鍵がある遺跡には、およそ三十分程度で着く事ができた。

今度もアリアが石の扉《とびら》に触れると左右にスライドして開き、今度は洞窟ではなく下に向かう長い石の階段が出現した。

ダンジョンの内容が違う可能性が高いと判断して、陣形は先程《さきほど》と同じで対応力が突出《とっしゅつ》している自分が先頭で、二人を挟む形でアハズヤが最後尾となる。

警戒しながら階段を一つ一つ下りて行くと、何やら大きな扉が見えてくる。

扉を開けて階段を下りたら、また扉とはこれ如何《いか》に。

不思議に思いながらも、これもアリアが触れてロックを解除する。

ゆっくり左右に開いていくと、今度はやたら広大なフロアが姿を現した。

「ここは一体……」

「ひろいねー」

クロの感心した呟きを聞きながら念の為に〈感知〉スキルで確認してみたところ、広さは学校のグラウンドと同じくらいである事が分かった。

巨大な石柱が左右対称《たいしょう》に数本並んでおり、フロアの最奥にあるゴールっぽい天使のレリーフが彫《ほ》られた扉を〈洞察〉スキルで確認する。

全体的な構造を見渡《みわた》した感想としては、今からボス戦が始まりそうな重たい雰囲気を長年のゲーム経験で察することができた。

はてさて、一体何が出てくるのか。この圧は少なくともスライムドラゴン以上で〈バアル・ジェネラル〉以下のレベルが来ると思うが。

とはいえ棒立ちしていては何も始まらない。今の考えを仲間達に伝えた後に、自分の号令で全員一斉《いっせい》にダンジョンの中に足を踏み入れることになった。

「そんじゃ行くぞ。いっせーのーで！」

大声で呼び掛《か》けて大きな一歩で中に入る。すると直後に予想していた通り、背後の扉が閉まり引き返す事ができなくなった。

だけど次に起きた現象は、予想していたものとは大きく異なった。

何故《なぜ》ならば広大なフィールドに、プレイヤーとモンスターが死んだ際に発生する光の粒子がフロア中のいたるところに集まりだしたのである。

これにサポートの〈ルシフェル〉が緊迫《きんぱく》した声で警告した。

『マスター！　大多数の敵性反応、この場所は〈モンスターハウス〉です！』

「ウソだろ⁉」

ボスモンスターじゃなくて、大量発生系！

この上なくヤバい状況《じょうきょう》を理解した時には、もう既《すで》に手遅《ておく》れだった。

自分達が入って来た扉は、先程閉まったので逃《に》げ場《ば》がない。

「ソラ、これって一体何が起きてるの⁉」

「あの光は、今からモンスターが出現する演出だ！」

「ちょっと待って、あの光が全部モンスター⁉」

「ローグライクゲームだと良くある罠部屋だな。……たぶんこの感じだと、アレを全部倒さないと扉は開かないと思う」

「見たところ、最低でも五十以上はいますね。いくら我々が強くても同時に襲《おそ》われたらひとたまりもありません。……ソラ殿、ここはいかがいたしますか？」

「うーん、そうだな……」

こういう時は囲まれないように、常に固まって迅速《じんそく》に各個撃破《げきは》していくのがベターである。陣形は一番連携《れんけい》の取れる自分とクロが道を切り開き、アハズヤにはアリアの護衛をメインに動いてもらうしかないだろう。

腰《こし》に下げている白銀の剣を抜きながら仲間達にその事を伝えようとしたら、右隣《みぎどなり》にいたアリアが金色と翡翠色の弓を手に一歩前に出た。

その姿に意表を突《つ》かれて反応が遅れると、常時発動している〈洞察〉スキルが彼女の手にしている弓の情報を読み取った。

『アレは風の王家に代々伝わる巫女の専用武器〈エンシェント・シルフィード〉です』

（巫女の専用武器？　前に装備してた奴《やつ》とは違うのか？）

解説してくれたルシフェルに心の中で聞き返すと、彼女は更《さら》に解説を続けた。

『アレは一つの困難を乗り越え、巫女として一段階成長をした風の巫女にしか装備できない王家の武器の中でも特別な弓。しかも装備することによって、ＭＰを消費して巫女専用〈シビュラスキル〉を使用することが可能となります』

（なにそれカッコイイ……）

ここにきて、まさかアリアの専用スキルが登場するなんて。

しかも〈シビュラスキル〉とは、相手が跡形《あとかた》もなく消し飛びそうな気がする。

男心をくすぐられたオレは、どんな技なのかすごくワクワクしてしまう。

そんな好奇心《こうきしん》に満ちた眼差しを向けていると、いつになく真剣なアリアは左足を前に出し、ゆっくり丁寧《ていねい》な動作で弓を構える。

実に綺麗《きれい》なフォームに見入っていたら、アリアはくすりと笑った。

「先程は狭くて使えませんでしたが、今こそ〈バアル・ジェネラル〉との戦いを経て巫女として一つ進化した、わたくしの力をお見せします！」

威勢《いせい》よく言うけれど、その手に本来持つべき矢は存在しない。

まさか肝心《かんじん》の矢を持っていないドジか、と不安に思いながら注目していると急にアリアの弓に眩《まばゆ》い翡翠色に輝《かがや》く風が集まり矢の形となった。

これは、まさか魔法の矢だと……？

全身に鳥肌《とりはだ》が立つほどの凄まじい威力《いりょく》が込《こ》められた矢の先を、彼女はこちらに大挙して押《お》し寄せる〈バアルソルジャー〉と〈ルインズ・アント〉に向けて、

「神より賜《たまわ》りし風よ、我に牙《きば》向く魔物《まもの》を貫《つらぬ》きなさい——〈ディバイン・エアリアル〉！」

短い詠唱《えいしょう》の後にＭＰを全消費して、アリアが手にしていた神風の矢を放った。

「ぬわっ⁉」

「きゃあ⁉」

それによって至近距離《きょり》で、まるで台風が発生したかのような暴風がゴウッと吹き荒《あ》れた。

とっさに隣にいたクロと抱き合って、放たれた一撃《いちげき》の余波で発生した風で転倒しないようにギリギリ耐える。もはや目を開ける余裕《よゆう》なんて全くなかった。

一方でアハズヤの方はというと、先程使用した不動のスキル〈イモウビリティ〉でその場に留《とど》まり、暴風の中をなんとか耐えている様子。

そんな中で〈ルシフェル〉が代わりに眼となって、フロア内にいたモンスター達を次々

に穿《うが》つ光景を淡々《たんたん》と実況《じつきよう》するのは実に恐《おそ》ろしかった。

『十、二十、三十……風の巫女の〈ディバイン・エアリアル〉によって敵性反応は全て消失。控《ひか》えめに言って驚異的《きようい てき》な戦果です。更に大量の経験値を獲得《かくとく》、レベルも34……35と次々に上がっていきます』

レベルが一気に36まで上昇する報告を聞きながら、姿勢を低くしてひたすら吹っ飛ばされないように耐え続ける。しばらくするとアリアを中心に発生していた強烈《きようれつ》な風は、徐々に弱まった後にようやく消えた。

目を開くと先程まで視界いっぱいにいたモンスター達の姿はどこにも無く、無数の光の粒子が舞《ま》う幻想的《げんそうてき》な光景が広がっていた。

モンスター達の命で作り出した美しい光景。それを背にアリアは自身の活躍《かつやく》に、実にやりました感にあふれる笑顔《えがお》で胸を張った。

「幼い頃より、お母様から弓術《きゆうじゆつ》は習っていたのです！　わたくしだって、いつまでも皆様《みなさま》に守られる弱い立場じゃな……って、なぜか身体が動きません⁉」

あの数を全て倒《たお》すほどの大技を使用したのだ、その反動で使用者である彼女に硬直《こうちよく》時間が発生するのは当たり前である。

嬉《うれ》しそうに自身の戦果を誇っていたアリアは、急に身体の自由を失ってバランスを崩《くず》す

と後ろ向きに倒れた。

「きゃあ⁉」

「おっと、危ない」

とっさに左手を伸《の》ばして、彼女の背中に手を添《そ》える事で転倒から助ける。

相変わらず、どこか抜《ぬ》けているアリアに呆《あき》れると、

「まったく、大技を使用する時は気を付けないと」

「は、はい……次からは、気を付けます……」

「でもさっきの技は凄《すご》かった。流石《さすが》に規模がでかすぎるから使える場面は限られると思うけど、今後はここぞって時の切り札になるぞ」

「そ、ソラ様……」

素直《すなお》に思った事を素直に伝えたら、急にアリアがリンゴのように真っ赤に染まる。

どうしたんだろうと首を傾げると、彼女は硬直している状態で唯一《ゆいいつ》自由に動かせる目を頑張って明後日の方角に向ける。

もしかして、照れているのだろうか？

そう思いながら必死に目を合わせないようにしているアリアを見ていたら、どうやら硬直時間が解けて自由になったらしい。

普段《ふだん》では考えられない程《ほど》の素早い身のこなしで腕《うで》の中から抜け出し、彼女は顔を両手で覆《おお》い隠《かく》しながら開いた門に向かって全力ダッシュをした。

「アリア姫、お一人で先行するのは危険です!?」

普段の彼女からは想像もつかない俊足《しゅんそく》に、慌てて追いかけたアハズヤに続いて自分とクロも続いて駆け出す。

……とは言っても〈感知〉スキルの範囲内《はんいない》には敵性モンスターの反応は全くないし、見た感じ〈洞察〉スキルでも罠の類は一つも見当たらない。

警戒《けいかい》しながら余裕をもって二人を追い掛けていたら、隣にクロが並走《へいそう》してくる。

先程の〈ディバイン・エアリアル〉に負けず劣《おと》らずの強い圧を感じて、思わずチラ見すると彼女は分かりやすくムスッとしていた。

「く、クロさん……？」

思わず上ずった声が出てしまう。どす黒いオーラを周囲に放つ少女は、魔王《まおう》シャイターンのような威圧《いあつ》感だった。

先程のモンスター達が生きていたならば、恐怖《きょうふ》のあまり回れ右をして逃げ出しかねない程に凄まじい殺意を放っている。

緊張して〈瞬断〉が来ても避けられるように、心構えだけはしっかりしていると、

「……むー、ソラって天然だよね」

「て、てんねん？」

まったく意味が分からない言葉に、意表を突かれて思わず聞き返す。

不機嫌《ふきげん》なクロはそっぽを向いて、それ以上は何も言わずに隣を走っていた。

⑦

あの後ご乱心になられたアリアを落ち着かせ、三つ目の鍵《かぎ》を入手したら最初のダンジョンと同様に転移が発動して入り口に帰還した。

後は〈ティターニア国〉にある鍵を入手したら、一度〈エアリアル国〉に戻って報告をして旅の本命である〈風の神殿《しんでん》〉に向かう流れとなる。

道中の案内という役目を終えたアハズヤは、〈ティターニア国〉に向かう途中《とちゅう》にある封印の地で残念だがお別れする事になった。

「ここが封印の地です」

「おお、ここが例の……」

目の前に広がっているのは、会議の時に見せてもらった大結晶を中心に周囲を十二本の中結晶が円状に囲んでいる景色。

映像だけでは分からなかったけど、直に現場に来ることで新たに分かった事がある。

先《ま》ず〈暴食の大災厄〉が放っているのだと思われる毒の霧《きり》が、封印の円内部に充満《じゅうまん》していた。

もしも円の内側に入ってしまった場合、大災厄のユニーク・バッドステータスである『暴毒《ぼうどく》』状態になると〈洞察《どうさつ》〉スキルは教えてくれる。

『暴毒』状態では毎秒五十のダメージが発生する。もしも付与されてしまったら、HP1000を超えている自分ですら二十秒程度で死亡してしまう。

更にその『暴毒』は環境《かんきょう》にも影響《えいきょう》を与えるらしく、封印の周辺だけまるで荒野《こうや》の如く枯《か》れた大地が広がる状況となっていた。

まさに森林の中にある、ディストピアみたいな光景だった。

肌《はだ》にビリビリ感じる情報圧に、額から汗《あせ》が流れ落ちる。

一方でかつてない強大な敵の存在感に隣にいるクロは、好奇心と恐怖心《きょうふしん》が入り混じった不敵な笑みを口元に浮かべていた。

「……すごいね。〈クイーン・オブ・フライ〉と戦ったことがあるんだけど、あの時とは比べ物にならない程の圧を感じるよ」

「ふむ、という事は少なくともワールドクエストの大ボスよりも強いって事か」

妖精《ようせい》の森の奥深《おくふか》くにいるボスモンスター、〈クイーン・オブ・フライ〉は物理防御《ぼうぎょ》に特化した大きいハエ型のモンスター。

プロゲーマー達が撮影《さつえい》した挑戦《ちょうせん》動画を昨日は就寝《しゅうしん》前に視聴《しちょう》していたのだが、その内容は実に厳しいモノであった。

確認《かくにん》した攻略《こうりゃく》動画では、HPを一本削《けず》った後の二本目からは大きな翅《はね》を広げて上空に逃げて〈フライソルジャー〉という一メートル程度のハエ型モンスターを生み出しながら、フィールド全体に毒を散布するという中々に面倒《めんどう》な行動パターンとなる。

プレイヤー達は急に現れた兵士と毒の回復に追われて、必死の立て直しと見事な対応力によって二本目を削り切った。その後のラスト一本を半分まで削ると、いきなり超広範囲《ちょうこうはんい》攻撃《こうげき》を使用してきて、攻略部隊は壊滅的《かいめつてき》な被害《ひがい》を受けて全滅《ぜんめつ》した。

その範囲攻撃の回避《かいひ》方法は、未《いま》だに見つけることが出来ていないらしい。そんな怪物よりも強い敵とは、控えめに言ってヤバいとしか言いようがなかった。

「やはり大災厄《さいやく》の力は、とてつもないですか……」

オレ達のやり取りを隣で聞いていたアハズヤが、忌々《いまいま》しそうに呟く。

オマケに攻略情報が大体揃っているボスと違って、〈暴食の大災厄〉は未だに全てが謎《なぞ》に包まれている状態だ。

……果して出たとこ勝負で対応できる相手なのか、ピンチになったとしても逃げることができるのか。

頼《たの》みの綱《つな》はやはり、〈風の神殿〉に封印されている天使の指輪とアリアになると思う。

指輪に関しては、なんせシナリオに組み込まれているのだから、きっとボスに対する特効が付与されている可能性は高い。

「アリアも強力なスキルを獲得したからな。少しずつだけどオレ達は、着実に〈暴食の大災厄〉に対抗《たいこう》する力を身に付けてるよ」

「そうですね、ソラ殿の言う通りです。……それでは、こちらについて来てください。私の部下達が駐屯《ちゅうとん》している場所に案内します」

言われた通りに、アハズヤの後を三人で追いかける。

駐屯地は封印の結晶がある場所から、およそ数十メートルほど歩いた先にあった。

広い空間には、自分達が利用している簡易式のテントより一回りほど大きいのがいくつか設置されている。

スキルで〈感知〉できる数は三十人程度、小隊に届かない程度の規模だ。

テントの外では、武装した精霊《せいれい》の騎士達が訓練をしている。

全員二十代くらいの美しい女性であり、男性の姿は一人も見当たらない。

アハズヤと自分達に気が付くと、全員笑顔で手を振《ふ》り歓迎《かんげい》してくれた。

「副団長、姫様！　その隣にいらっしゃるお二方は本国からのニュースメッセージに載《の》っていた、救国の英雄様ではないですか！」

「キャー、可愛《かわい》い！　こんなお人形さんみたいな顔して、あの見るからにヤバそうな巨大《きょだい》モンスターを倒したの⁉」

「オマケに仲良く手を繋《つな》いでいるなんて、二人は付き合っているの⁉　結婚《けっこん》しているの⁉」

「お姉ちゃん達に、どっちが攻《せ》めと受けなのか教えて頂戴《ちょうだい》！」

「「ひぇ……」」

モンスターよりも獰猛《どうもう》な目をした好奇心旺盛《こうきしんおうせい》な女性達に気圧《けお》されて、身の危険を感じたオレとクロは後ろに大きく下がってしまう。

この〈アストラル・オンライン〉には同性婚《どうせいこん》というのが存在する。

例えば〈ユグドラシル国〉を歩いていると、男女のペアだけでなく女性同士でイチャイチャしている者達を見ることが出来る。もちろん、その逆もまた然《しか》りだ。

最後の攻めと受けについてはカップリングの事を指しているのだと思うが、クロと自分はそんな関係ではないのでノーコメント。

まるで弾丸《だんがん》のような怒涛《どとう》の質問攻めに圧され続けていると、見かねたアハズヤが間に割《わ》り込んで助けてくれた。

「まったく、長旅で疲れているんです。興味を持つのは悪い事ではないんですが、ちゃんと時と場合と節度を守って接しなさい」

「「「副団長、すみませんでしたっ!!」」」

注意された彼女達は素早《すばや》く一列に並び、綺麗に深々と頭を下げた。

その一連の動作から、アハズヤとの信頼《しんらい》関係と練度の高さが窺《うかが》える。

呆れながらアハズヤは、彼女達から視線を外してこちらに謝罪をした。

「部下達が失礼な事をしてしまい、すみません」

「い、いえ……大丈夫です」

「……ちょっとだけ、びっくりしちゃった」

「ソラ様達は〈エアリアル国〉で大人気ですからね。娯楽《ごらく》の少ない彼女達が、はしゃいでしまうのも無理はありません」

心優《こころやさ》しいアリアのフォローが入った後に、謝罪をしながらも騎士《きし》の女性達は一人ずつオレとクロに抱擁《ほうよう》をしても良いか聞いてきた。

主な理由は国を救った英雄であり、更には可愛い女の子である自分達を抱《だ》き締《し》めて癒《いや》されたいという、欲望にまみれたものであった。

必死に懇願《こんがん》してくる彼女達の姿を見ると、正直に自分は抱き締められるのは恥《は》ずかしいから嫌《いや》とは言い難《にく》い。

仕方なく了承《りょうしょう》し、武装を全解除した五十人もの大行列を相手に一人一人にじっくり抱き締められたオレとクロは——全てが終わるのに数十分もの時間を要した。

その間に色々な情報を聞かされたのだが、どうやらこの部隊はアハズヤが自身と同じような孤児《こじ》を集めて作った事が分かった。

みんな笑顔だけど、色々と訳アリなんだな……。

そう考えると余り邪険《じゃけん》にはできないと思った。

満足したお姉さん方は笑顔で感謝を述べて解散し、それぞれの仕事に戻っていく。

その代償《だいしょう》として自分の髪《かみ》はグシャグシャになり、ぐったりして地面に座《すわ》る。

頭の中はもう、身体に押し付けられていた様々なマシュマロの事で一杯《いっぱい》であった。

……見てる分は平気だけど、やはり直に触《ふ》れるのは全く違《ちが》う。

ここが現実世界だったら、確実に鼻血を出していたかも知れない。

美女に抱き締められて撫《な》でられるなんて、思春期の男子には色々と刺激《しげき》が強すぎる。

隣で女の子座りしているクロは、乱れた髪を整える為にストレージから取り出したヘアブラシを手に慣れた手つきでとかしていた。

身だしなみに対する美意識の高さに感心して見ていたら、髪を整え終えた彼女《かのじょ》はブラシの先端《せんたん》をこちらに向けて一つ提案してくる。

「良かったら、わたしがとかしてあげようか？」

「お、お願いします……」

「うん、じっとしてね」

素直にお願いしたらクロの指先がそっと髪に触れる。

ぼさぼさになった髪を、丁寧にとかしていく感触《かんしょく》に何だかドキドキした。

髪の毛は女性によっては性感帯になる、というのをどこかで見た覚えがある。

こうやって触れられていると確かに、身体がむずむずして落ち着かないと思った。

気を紛《まぎ》らわせるためにサポートＡＩの〈ルシフェル〉にヘルプを求めたら、彼女はノータイムでこんな助言をしてきた。

『毒を以《もっ》て毒を制す、ということわざがあります。ですのでお困りでしたら、より快感を上回る事をしたらよろしいのではないでしょうか？』

（こんな人目がある場所で、そんなことできるかーっ！）

モラル的にヤバイ〈ルシフェル〉の提案を却下《きゃっか》すると、そこで撫でられている間にどこかに行っていたアハズヤとアリアが戻《もど》って来た。

クロに身を委ねながら「おかえり」と声を掛けたら、何やら二人は真剣な様子だった。

一体何があったのか、その内容は現在置かれている状況《じょうきょう》から推測するのは容易《たやす》い。

恐らく〈暴食の大災厄〉の件で何かあったのだろう。

その推測は当たったらしく、アハズヤの口から重要な情報が告げられた。

「封印の地を監視《かんし》している部下から、一件だけ報告がありました。どうやら亀裂《きれつ》が少しだけ広がったようです。もしかしたら予想していたよりも復活する時期が早い可能性が……」

「……わかった、直《す》ぐに〈ティターニア国〉に向かおう」

ちょうど髪の手入れも終わったようで、立ち上がったオレ達は手持ちのアイテムを確認した後に、この地を出発する事にした。

⑧

現在の時刻は午後十九時頃《ごろ》。

空は夕暮れ色に染まり、少しずつだけど夜に変わろうとしている。

封印の地を出発したパーティーはアハズヤが抜けた事で、今は自分とクロとアリアの元

の三人組となっている。

本当は自分たちに付いて行きたかったらしいが、流石に現場を任されている副団長が長時間離《はな》れるのは不味《まず》いとのことで、彼女はとても渋《しぶ》い顔をしながらもあの地に残った。

握手《あくしゅ》を交《か》わした際に託《たく》されたのは「アリア姫《ひめ》の事を、どうかよろしくお願いします」というシンプルで分かりやすいお願いであった。

思いを込めて強く握《にぎ》られた右手を見下ろし、口元をキュッと引き締める。

左右にぴったり並んで歩いているクロとアリアは、楽しそうに今向かっている〈ティターニア国〉のスイーツの話をしていた。

もちろん一度も行ったことがない自分は、二人の会話に入る事はできないのでメニュー画面を開いて溜《た》まったジョブポイントを振る事に。

（今のポイントは44。今回の戦いは毒が怖《こわ》いポイントだから、状態異常の耐性《たいせい》を上げる〈ゲズントハイト〉を20ポイントで進化させるとして残り24は保留かな？）

気持ちとしては、跳躍力《ちょうやくりょく》を強化する〈シュプルング〉に振りたいけど今回は我慢《がまん》しなければいけない。

どうしてかと言うと、25ポイントまで貯《た》めれば中級に進化させているスキルのレベルを一気に最大値である10まで強化する事が可能になるから。

『私もその選択《せんたく》を推奨《すいしょう》します。レベルを最大まで強化する事で、スキルは中級から上級に進化します。それによってエンチャントの基本系スキルには、一日に一度しか使えない限定スキルが追加されます』

(限定って……おいこら、悩《なや》んでるのに情報を更に増やすんじゃない！)

サポートAI〈ルシフェル〉からの新規情報に、オレは更に悩む事になった。

現在中級まで進化しているのは——〈ハイウィンド〉〈ハイストレングス〉〈ハイアクセラレータ〉〈ハイプロテクト〉〈ハイゲズントハイト〉の五種類。

この中で〈ハイウィンド〉は属性系エンチャントであり、それ以外のステータスを強化するのは基本系スキルと呼ばれている。

どれを最初に上級にするか、先程の情報を加味するのならば普通《ふつう》に考えて絶対に腐《くさ》らない〈ハイストレングス〉になるのだけど。

(うーむ、選択肢《せんたくし》があり過ぎて実に悩む……)

ゲームではこうやって、自分のアバターの方向性を考えるのは醍醐味《だいごみ》の一つだ。

でも今後の戦闘《せんとう》を考えると、適当な判断は下しにくい。

延々と思考を巡《めぐ》らせながら途中でエンカウントした〈バアルソルジャー〉を数体ほど光の粒子《りゅうし》に変えると、予定していた本日の最終休憩《きゅうけい》地点に着いた。

この時点での時間はもう二十時、周囲は真っ暗で獣《けもの》の鳴き声等が聞こえてくる。

いつもの安全地帯になるテントを設置して、アハズヤから持たされた夕食を三人で済ませた後、揃って布団《ふとん》が完備された中に入る。

「あの……今日は一つだけ我《わ》が儘《まま》を言っても宜《よろ》しいでしょうか？」

「うん、どうしたんだ？」

「アリア？」

ふかふかの布団の上に横たわると、メニュー画面を開いてログアウトしようとしたオレ達に、何やらアリアが枕《まくら》を胸に抱き畏《かしこ》まって聞いて来た。

「えっと、その……今日だけは……一人は寂《さび》しいので天上に帰らずに一緒《いっしょ》に寝《ね》てほしいのですが、ダメでしょうか……」

なにこの子、メチャクチャ可愛く甘えてくるじゃないか。

恐らくはアハズヤと別れたので、一人になるのが寂しくなったのだろう。

そう考えるのなら、こんな場所で一人で寝るのが心細くなるのは分かる。

なんせログアウトしたら、このアバターは再ログインするまで消えてしまうのだから。

「オレはゲーム内でも普通に寝れるから良いぞ、クロはどうする？」

「取りあえずリアルで夕食と、お風呂《ふろ》に入ってから戻ってくる」

「あー、そうだな。二人とも一度落ちるけど一時間後には戻ってくるから、それまでは一人でいる事になるけど大丈夫《だいじょうぶ》か？」

「大丈夫です。その……ソラ様、クロ様……あ、ありがとうございます……」

お礼を言われて、隣にいるクロと目を合わせくすりと笑う。

今夜は寂しがりなお姫様と一緒に寝る方針で話が決まると、自分とクロはリアルの必須《ひっす》タスクを終わらせるためにログアウトした。

⑨

現実に戻り一先《ひとま》ず風呂でさっぱりする事にした黎乃《くろの》は、一人で広い浴槽《よくそう》に浸《つ》かっていた。

この場に家主である二人の姿はない。その理由は今日一日で自分達が得た膨大《ぼうだい》な情報を、ソラがトップクランの副団長をしている詩織《しおり》に共有している最中だから。

こんな未曽《みぞう》有の状況下では、情報を得る事は何よりも大切。

特にユニークシナリオを進めている自分達は、他では得られない貴重な情報を獲得できる立場にある。

きっと今頃《いまごろ》、詩織は驚《おどろ》いている事だろう。

なんせ〈暴食の大災厄〉が、後一か月もしない内に復活するかも知れないのだ。

「大災厄が復活したら、どうなっちゃうんだろ。世界中に生えている精霊の木が増えて森になるのかな？」

この世界にどんな影響が出るのか、現時点ではまったくの未知数。

考えてもキリがないので、黎乃は問題の大元である〈暴食の大災厄〉について思考を巡らせることにした。

「ほんとうに、想定していた以上の怪物《かいぶつ》だったなぁ……」

お湯の中で手足を伸ばし、未だに頭の中に残る威圧感にブルッと震《ふる》える。

まさか以前に時雨達《しぐれたち》と挑《いど》み、敗北したあの〈クイーン・オブ・フライ〉よりも数段上の強さとか冗談《じょうだん》にしても笑えない話である。

だけど不思議と負ける気はしなかった。

理由はプロゲーマーの両親から引き継《つ》いだ、強者を求める自身の闘争心《とうそうしん》だけではない。

自分とソラが一緒なら、何が来ても負ける気がしない。

ふと脳裏《のうり》に浮かんだのは、〈バアル・ジェネラル〉との戦いで天使化した〈白銀の付与《ふよ》魔術師《まじゅつし》〉の美しく勇敢《ゆうかん》な後ろ姿。

絶望的で誰《だれ》もが諦《あきら》めるような状況を、一つのユニークスキルと積み重ねてきた己《おのれ》の技量で覆《くつがえ》してしまった——正に英雄のような最後の一騎《いっき》打《う》ち。

「……どうしてだろう。わたし、変だよ。ソラが男の子だって知っているのに、あんなにベタベタくっついちゃったりして」

冷静になって己の行いを再認識《さいにんしき》すると、急に頬《ほお》がカーッと熱くなり慌《あわ》てて頭を左右に振って、彼《かれ》のイメージを頭の中から振り払《はら》う。

父親以外の異性に対して、あんなにも接触《せっしょく》した事は一度もない。それは母親から誠実な女性であるようにと、黎乃は教えられているからだ。

それなのに、どうしてあんなにも少年の側にいると安心してしまうのか。理由はまったく分からないけど、こうして考えているだけで胸が少しだけドキドキする。

今までこんな現象が起こったことがないので、もしかしたら何かの病気になってしまったのかと黎乃は不安になる。

でも胸の内側を満たしているのは嫌なモノではない。むしろ身を委ねていると温かくて心地《ここち》よい思いに満たされる。これは一体何なのだろう……。

全てを理解することはできないけど、その中にある一つを自分は知っている。

これは半年前から今まで忘れてしまっていた、

「ああ、今日も楽しい冒険《ぼうけん》だったなぁ……」

思わず口からこぼれたのは、今の生活を心の底から楽しんでいる純粋《じゅんすい》な思いだった。

時雨達と一緒にいた時は、敵を倒す事でしか得ることが出来なかったのに。

それがソラと出会い、アリアと共に冒険をするようになってから、戦いだけがゲームの楽しみ方ではない事を思いだすことができた。

ゆっくり湯船から立ち上がり、そのまま浴室から退出して脱衣《だつい》所のマットの上で足を止める。事前に準備していたバスタオルで身体の水滴《すいてき》をふき取っていく。

でも目的を忘れてはいけない、呟《つぶや》いて黎乃は眉間《みけん》にしわを寄せる。

「わたしは遊ぶために〈アストラル・オンライン〉を始めたわけじゃないんだから」

使用を終えたバスタオルを洗濯機《せんたくき》に放り、頭に巻いていたタオルを外す。

白金色と黒のメッシュが入った髪が舞う。脱衣所に備え付けてある鏡に映る自分の姿を見て、黎乃はつぶらな碧眼《へきがん》を鋭《するど》く細めた。

──半年前、あのゲームのクローズドベータテスト版をプレイしていた両親は、目の前で光の粒子になって消えてしまった。

当時の事は鮮明《せんめい》に覚えている。ベータテストの最終日だからとプレイをしていた両親が、偶々《たまたま》立ち寄った時雨と自分の目の前で消えてしまった事を。

激しく動揺《どうよう》して泣き叫《さけ》ぶ黎乃を、時雨はずっと抱き締めてくれていた。

落ち着いた後に警察を呼んだが、当然だが調査をしてもゲームのプレイ中に両親が消えた原因は何一つとして分からなかった。

そうした後に、彼等が下した結論は残酷《ざんこく》なものだった。

なんと警察は捜査《そうさ》をした後に『両親は娘《むすめ》が邪魔《じゃま》になり友人に押し付けて蒸発したんじゃないか』と、絶対に許容できない言葉を吐《は》いたのだ。

「…………っ」

言葉にならない口惜《くちお》しさと胸の中に渦巻《うずま》く怒《いか》りに、拳《こぶし》を強く握り締めて更に奥歯《おくば》をきしむ程に強く噛《か》みしめる。

今の世界の状況ならば理解してもらえたのだろうが、当時の〈アストラル・オンライン〉に関しては、目に見えて大きな問題は起きていなかった。

非現実的な事を信じるよりは、一番無難で現実的な答えを出すのが当然だろう。

だけど理解はできても、受け入れることは絶対にできない。

いつも二人は自分を宝石のような娘だと言って愛してくれていた。

休みの日はどこに行く時も一緒で、いつも皆《みな》で楽しく暮らしていたのだ。

自分を残してどこかに消えるなんて、それだけは絶対にありえない。

涙《なみだ》が自然と溢《あふ》れてくる。

どれだけ流しても枯れることのない悲しみに、黎乃はその場にしゃがみ込んだ。

「パパ、……ママ……」

いくら呼んでも、二人が応えてくれることはない。

もしかしたら自分が彼にくっ付いてしまうのは困難に立ち向かう後ろ姿に、父親と母親を重ねているからなのかもしれない。

この半年間で痛感している現実を、再度認識《にんしき》しながら立ち上がった少女は涙を拭《ぬぐ》った。

……あれから親戚《しんせき》である時雨に引き取られた自分は、受けた傷が余りにも深すぎて家の外に出ることもできなくなり引きこもるようになった。

学校に関しては以前にあったイジメの件でホームスクールを選択していたし、学力も中学から高校に飛び級するくらいだったので問題はなかった。

ただほとんどの時間を自室にこもり、時雨に勉強を教わりながら両親が欠けた生活をこなしていた自分の心は、けして満たされる事は無く空虚《くうきょ》なものであった。

そんな黎乃にある日、時雨は真剣《しんけん》な面持《おもも》ちで唐突《とうとつ》にこう言ってきた。

『七月に〈アストラル・オンライン〉の製品版がリリースされる。二人が消えた謎を解き明かす為《ため》に、私はあのゲームを仲間達とプレイしようと思う』

まるで「キミはどうする？」と遠回しに問いかけられたような気がして、それを聞いた黎乃は迷うことなく、一緒にやらせてほしいと彼女にお願いをした。

時雨はそれから仕事の片手間に、フルダイブ型のＶＲでの戦い方を教えてくれた。

ゲームは両親とパーティーものしかプレイした事がなかった。

だけど元々の学習能力の高さで、数か月後には彼女が公式に所属しているチーム全員と良い勝負ができるようになり、高等部を卒業したらチームに入ってほしいとお願いされるくらいには強くなれた。

白の下着を身に着け、母に買ってもらったお気に入りのパジャマを身に纏《まと》った黎乃は、脱衣所の扉《とびら》を開けて胸中で呟いた。

（……ソラとアリアとの旅は楽しいけど、パパとママを捜すのが最優先なんだから）

ベータプレイヤーの両親が、なんで光に包まれて消えたのか、そして消えた二人は今もゲーム内にいるのか。

それを知るために自分は、あの大きな謎に包まれている〈アストラル・オンライン〉をプレイする事に決めたのだから。

第三章◆妖精国ティターニア

降り注ぐ雨が、テントの外側でシートを何度もポツポツと打つ。

自然が奏《かな》でる降雨の音楽で目が覚めたアリアは、小さなあくびをかみ殺しながら頭の中に浮《う》かんだ言葉を口にした。

「ふあ……めひゅらひい。ひまはおてんきが……わるひのでひゅね……」

この地域の雨天率は、竜人《りゅうと》が住む火山地帯を除けばかなり低い。

基本的には晴れの確率が高くて、一週間の内に雨になるのは一回有るか無いかくらいだと地形の専門家達は語っていた。

雨音を子守唄《こもりうた》にぼんやりしながら寝返《ねがえ》りを打って、目の前にあった大きな枕を抱き締める。すると目の前に銀髪《ぎんぱつ》少女——ソラの寝顔《ねがお》が間近にあった。

「————っ⁉」

鼻先が触れる程の距離に、意表をつかれてびっくりしたアリアは目が覚める。

危《あや》うく悲鳴を上げそうになるのを、慌てて両手で未然に防いだ。

幸いにも彼は疲《つか》れて深い眠《ねむ》りに入っているらしい。

至近距離《きょり》でのアリアの動揺に、反応して直ぐに目覚めるようなことはなかった。

普段は天上に帰るはず、一体何が起きているのか。

その理由を焦《あせ》りながらも、アリアは直ぐに思いだす。

……そうだ先日は寂しさが勝って、彼等に一緒にいてほしいと自らお願いしたのだ。

少し身体を起こして反対側をみると、そこには黒髪《くろかみ》の少女が彼の左腕《ひだりうで》を抱き枕にして寝ている。身に着けているのは黒い鎧《よろい》ドレスではなく、白いネグリジェだった。

どうしてクロがネグリジェを着ているのか説明すると、それは自分が着替《きが》えたのを見て彼女が「可愛い……」と口にしたから、日ごろのお礼も兼《か》ねて予備を差し上げたのだ。

ちなみにソラに関しては、丁寧《ていねい》にいらないと言われて断られてしまった。

コートを脱《ぬ》いだ状態で寝るソラと、しっかり着替えてから寝るクロ。

二人を微笑《ほほえ》ましく眺《なが》めていると頬が自然と緩《ゆる》む。

なおアリア自身は先日にアハズヤから下着姿で寝ていたのを叱《しか》られた事もあって、きちんと反省し緑色のネグリジェを着ている。

(うふふ……、ソラ様から可愛いと言ってもらえました)

この姿を見たソラが赤くなって「二人とも可愛いすぎじゃない?」と褒《ほ》めてくれたのを

実に嬉しく思った。

しばらく二人の寝姿《ねすがた》を堪能《たんのう》した後、今の正確な時間を確認するために二人に背中を向け、何もない空間を人差し指と中指で同時に軽くタッチする。

目の前に出現したのは、AM三：〇〇と表記された小さなウィンドウ画面。

まだ朝日すら顔を出していない時間である事を把握《はあく》したアリアは、画面をもう一度同じようにタッチして消す。それから反回転して隣《となり》にいるソラの右腕《みぎうで》を枕にして身を寄せた。

彼が発しているアロマのような匂《にお》いに、アリアはそっと目を閉じる。

（ああ、とても安心します……）

こうしてくっ付いているだけで、温かい感情が内側を満たしていく。

そんな中で思いだすのは、数日前に初めて彼と会った時の出来事。

——あと少しで〈誓約《せいやく》の道〉に着くと油断して、枝を踏《ふ》みぬいて〈バアルソルジャー〉に見つかった。その場から慌てて逃《に》げたけど、ドジなアリアは地面から盛り上がった木の根上がりにつま先を引っ掛《か》けて転んでしまった。

追い詰《つ》められて殺されそうになり、凶刃《きょうじん》が迫《せま》る絶体絶命の窮地《きゅうち》に現れたのは昔から大好きな本『天空の冒険譚《ぼうけんたん》』に出てくる英雄のような人だった。

七つの神器を自在に操《あやつ》り、五人の仲間達と共に天空に浮かぶ島々を旅して、いくつもの国を巨大な怪物から救った最強の英雄〈武神〉。

五体の〈バアルソルジャー〉を瞬殺《しゅんさつ》した姿に、その英雄の姿を幻視《げんし》したあの時から胸の内側には甘《あま》くて熱い——恋心《こいごころ》がずっと渦巻いている。

予言に従って一人で旅に出た時には、こんな感情を抱くことになるなんて思ってもみなかった。何故《なぜ》ならアリアは、もしも両想《りょうおも》いになれたとしても相手を幸せにできない事を知っているから。

「貴方《あなた》が〈バアル・ジェネラル〉を倒《たお》した時は、これで使命から解放されたと思ったのですが、やはり人生というのは上手《うま》くいかないものですね」

目をつぶり、遠い理想となってしまった夢に思いをはせる。

小さい時の夢は『好きな人と結婚して子供を二人くらい作って一緒に城で暮らす』という、ごく普通のありふれたものであった。

だけど今は違う。とある事情を抱《かか》えている自分は、

「せめて、この地から旅立つお二人を、お見送りしたいです……」

意図せずアリアの口からこぼれたのは、心の底からの願いであった。

二人とずっと一緒にいたいなんて我が儘は言わない。

せめてこの旅の果てに待っている別れの時を、今は仲間として二人と共に迎《むか》えたい。

何故なら彼女に課せられている使命は、今目覚めようとしている〈暴食の大災厄〉を相手に果たす事で、それすらできなくなるから。

母のシルフと騎士《きし》団長のガストは、この国から逃げても良いと言った。

アハズヤは真剣な顔で、自分と一緒に逃げようと言ってくれた。

でもダメなのだ。この地を見捨てることはできない……。

脳裏に浮かんだのは、〈エアリアル国〉に住む者達の笑顔《えがお》。

向かう先にある〈ティターニア国〉に住む者達も、同じくらいに大切である。

アリアは胸に宿している決意を意識し、大好きな人の温《ぬく》もりから勇気を補充《ほじゅう》して呟いた。

──わたくしは皆様《みなさま》を守る為に、復活した〈大災厄〉を巫女《みこ》の力で再封印《ふういん》するのと引き換《か》えに、この命を天に帰さなければいけないんです。

それが巫女に課せられた、ソラ達に語っていない逃《のが》れられない運命だった。

①

「おおー、雨だ！」

朝食のために一度離脱し、再ログインをしたオレは〈アストラル・オンライン〉で初めて見た悪天候の『雨』に、テンションが少しだけ上がった。

だけど一瞬《いっしゅん》だけ出てみると視界と聴力《ちょうりょく》がかなり制限されるし、加えて足元のスリップ率が三十パーセントも上がるなどデメリットだらけだった。メリットはモンスターに発見される確率の減少と、水属性の威力《いりょく》が上昇《じょうしょう》するくらいだろうか？

降り注ぐ雨のクオリティーの高さ、肌を流れる水滴の再現度とかもよくできていると感心しながら、クロとアリアの提案で雨がやみ晴天になるまで待機することになった。

「スリップすると短時間だけどスタンするし、聴力と視界が悪くなるからモンスターの接近に気付くのが遅《おく》れるし、雨は良い思い出ない……」

「わたくしも雨音は好きですが、よく転んで泥《どろ》まみれになるので外を歩くのはあまり好きじゃないです」

「うーん、そっか。昔からゲームで悪天候はストレスが溜まる要素ではあるなぁ」

女の子座りで雨に対する感想を口にする二人に、自分は頷《うなず》いて理解を示す。

良ゲーでも雨はデメリットの方が目立つので要《い》らないという声が多い。記《き》憶《おく》の中にあるアクションアドベンチャーは、崖《がけ》を上る際にスリップ判定がでるのが不評だった。

ちなみにこれがクソゲーとかになると急に処理落ちして動作が遅《おそ》くなり、ヤバい代物《しろもの》だとVRヘッドギアの安全装置が働いて強制終了《しゅうりょう》する。

色々なゲームに挑戦していた昔を懐《なつ》かしく思いながら、雨音が奏でる天然のＢＧＭの中で一人だけ思考に耽《ふけ》る。

（……それにしても、まさかこんな冒険をする事になるとは。ゲーマー人生って分からないもんだよ）

予言に従って〈誓約の道〉付近までやってきたアリア、そして偶然《ぐうぜん》にも森に入る為の条件を達成して助ける事ができた自分……。

もしも衣服を売っていたら森の中に入る事ができなくて、彼女は〈バアルソルジャー〉によって死んでいたかも知れない。

クロに関しては、もしも彼女が初期の服を売り払っていたら大人しく誘《さそ》うのは諦めてアリアと二人だけで〈ティターニア国〉に向かっていただろう。

だから自分達がこうやって、テントの中で一緒にいるのは幸運な事なのである。

どれか一つでもズレていたら、実現することはなかったはずだ。

（本当にこうして、二人と冒険ができてオレは嬉《うれ》しいよ）

オンラインゲームに対する苦手意識は、正直に言って未だに心の奥底《おくそこ》にある。

だけど悪意なく接してくれる二人と共にいると、そんな暗い感情が薄《うす》くなる。

――オフラインで一人黙々《もくもく》とプレイするのが好きだ。

だけどやっぱり他の人とやるオンラインも、それに負けないくらいにすっごく楽しい。

気が付けばクロとアリアは、会話を止めていつもの左右の定位置に来ていた。そこから自分も話に加わり、三人で談笑《だんしょう》しながら雨を眺める状況《じょうきょう》になった。

天候が切り替《か》わったのは、ログインをして三十分くらい経過した頃。

自分の雨エピソードで二人をドン引きさせていたら、急に空を覆《おお》っていた黒い雨雲が霧《む》散《さん》するエフェクトと共に姿を消して、見事な青空が広がった。

お日様が姿を現して明るくなったのを確認《かくにん》したオレ達は、テントから外に出て本日の目的地である妖精《ようせい》の国に向けて出発した。

「よーし、そんじゃ〈ルシフェル〉周囲の警戒《けいかい》よろしく」

『了解《りょうかい》です、マスター』

心強いサポーターとして定着した〈ルシフェル〉に索敵《さくてき》スキルの管理を任せて、マップを開きながらアハズヤが教えてくれた獣道《けものみち》のルートをナビゲートする。

二人は自分を中心に左右に展開して歩き、サポートＡＩが常に警戒しているのを知っているので身を少しだけ寄せてくる。

歩いていると、ときおり手を繋ぎたそうにモジモジしていたので、苦笑《くしょう》して「十メートル内に敵が来たら直ぐに離す」事を条件に手を差し伸《の》べる。

クロとアリアは分かりやすく、明るい笑みを浮かべて握ってきた。

それから三人仲良くピクニック気分で歩いていると、モンスター達が空気を読んだのかアハズヤが教えてくれたルートのおかげなのか、エンカウント率が低く〈バアルソルジャー〉と二回程《ほど》の戦闘をしたくらいで八割まで進む事ができた。

ここまで掛かった時間はテントから出発してから数時間程。

遠くには巨大な〈オーベロン城〉の先端部分が、確認できるようになった。

此処《ここ》まで来たら、あと三十分くらい歩けば〈ティターニア国〉に着くとアリアがどこか安心すると、オレの〈感知〉スキルが敵影《てきえい》を発見した。

『マスター、前方から〈バアルソルジャー〉三体の奇襲《きしゅう》が来ます！』

「二人とも、前から三体来るぞ！」

「わたくしにお任せを！」

警告を聞いて素早く弓を構えたアリアが、三本の矢をストレージから出すと同時に弓の連射スキル〈トリプル・アロー〉を発動させる。

緑色のスキルエフェクトを纏って放たれた三つの矢は、真《ま》っ直《す》ぐに接近してくるハエの兵士の頭部に正確に突《つ》き刺《さ》さり、ＨＰを三割減少させて一時的に行動不能にした。

その隙《すき》にクロと一緒に、付与《ふよ》スキルで速度を強化して接近する。

先ず《ま》は先行する自分が攻撃力《こうげきりょく》を上げる〈ハイストレングス〉で強化した二連撃で敵をまとめて切り裂《さ》いた後、少し遅れて来たクロが居合切りを放つ。更《さら》にそこから流れるように高速回転の斬撃に繋《つな》げて三体をまとめて葬《ほうむ》る。

光の粒子となった敵から経験値を獲得《かくとく》すると、レベルアップの音楽が聞こえる。

追加の敵影がない事を〈感知〉スキルで把握しながら警戒を解いた。

「お、レベルが一つ上がったな」

これで自分は38となった。同様にレベルが上がったクロは隣で、自身のステータス画面を見てなんとも言えない顔をしている。

「レベル30を超《こ》えてから必要経験値が二倍になったのに、ソラの称号《しょうごう》の効果でまったく苦じゃないいんだからすごいよね」

「たしかに眠っている間にトップ勢にレベルが並ばれたけど、再開してからはあっという間に差ができてたな」

クロの言葉で改めて、自分のアバターのチート性能を認識《にんしき》する。

現時点でオレ達を除けば一番高いのは、レベル35の師匠《ししょう》で次点は妹のシオ。

トップクラスのプレイヤー達のレベルは、大体30のラインを超えてからは必要経験値の増加により失速したらしい。

それはモンスターから得られる経験値が少ないのも、原因の一つだった。

なので今回の〈バアルソルジャー〉が強化されて経験値量が増加した事で、ＳＮＳでは「ヒャッハー、天からの恵《めぐ》みだーっ！」と狂喜乱舞《きょうきらんぶ》しながら狩《か》りまくる飢《う》えたプレイヤー達の一部始終が、ネタとして取り上げられる程であった。

リソースが限られている以上、レベルを劇的に上げるには自分と同じ経験値系の称号を獲得するか、スペシャルクエストにでも遭遇《そうぐう》しないと厳しいだろう。

——にもかかわらず師匠とのレベルの差は、たったの三つしかない。

理由は実に簡単であり、師匠は常に移動しているオレ達とは違って〈ティターニア国〉を拠点《きょてん》にしている。だからイベントの〈バアルソルジャー〉退治と同時に消化できるクエストを複数受ける事で、経験値を追加で獲得できるのだ。

まさに効率を追求する、プロゲーマーらしいプレイングだと思う。

「わたくしもソラ様とパーティーを組んでから、レベルが36まで上がりました」

手を繋いできたアリアは自身の成長を喜び、それを見て自分は頬を緩める。

普段《ふだん》はドジをする印象が強いけど、弓を母親から習っていたらしいアリアの実力は先程《さきほど》のように一流クラスだ。

これほどの腕前《うでまえ》なのに、何で初めて会った時に黙《だま》っていたのかテントの中で聞いてみたら、どうやら誓約の道へ向かう道中に落として踏んづけて壊《こわ》したらしい。

普通は踏んづけても壊れないのだが、彼女はその時に耐久値《たいきゅう》が減っていた練習用の弓を間違《まちが》って持ってきていたとの事。

やはりドジっ子……と声に出さずに思っていたら、アハズヤが抜《ぬ》けた戦力を十二分に補う彼女の活躍《かつやく》を、クロが拍手《はくしゅ》しながら称賛《しょうさん》した。

「レベルアップおめでとう。アリアのおかげで、だいぶ戦闘が楽になったね」

「もう、そんなに褒めても何も出ませ──ひゃあ!?」

褒められた事で上機嫌《じょうきげん》になったアリアは急に注意力がおろそかになり、濡《ぬ》れた地面を踏んで綺麗《きれい》にすっこけた。

何だかそんな予感がしていたオレは事前に彼女に近づいていたので、余裕《よゆう》をもってその身体が地面に接触する前に受け止める。

背中に右腕を回し、左手は伸ばしていた右手を掴《つか》む。男女の社交ダンスみたいなポーズだと内心で思っていると、身体が密着したお姫様《ひめさま》は固まってしまった。

「雨が降った影響《えいきょう》はまだ残ってるんだから、気を付けないと」

「あ、ありがとうございます……」

熟したトマトの様になった彼女を、補助して立たせた後に手を離す。

それから足を滑《すべ》らせた影響がないか、全身を軽く見てチェックした。

幸いにも地面には接触しなかったので、転倒《てんとう》で発生するスタン判定は免《まぬが》れたようだ。

一安心して確認の為に下げていた視線を上げると、そこで胸を両手で押《お》さえて何やら深呼吸しているアリアに気付き首を傾《かし》げた。

「胸を押さえてるけど、どうかしたのか？」

「だ、大丈夫です。最近はよくある事なので！」

「最近よくあるって、大事になったら大変だから〈洞察《どうさつ》〉で詳《くわ》しく見てみよう」

胸を隠《かく》す手を退けるように言うと、それに対して彼女は狼狽《うろた》えながら勢いよく頭を左右にブンブン振《ふ》って拒絶《きょぜつ》する。

「なんでもありません！　なんでもありませんから、今は先を急ぎましょう！」

彼女は慌てた様子で〈ティターニア国〉に向かって逃げるように駆《か》け出そうとして、

――不運にも足元に大きな石があり、それに勢いよく躓《つまず》いて前のめりに転倒した。

オレは脊髄《せきずい》反射でとっさに動いて、アリアの腕《うで》を掴んで引き寄せる。

そこで更なる不幸が生じ、なんと自分の足元が雨で濡れた判定が残っていて踏ん張った瞬間《しゅんかん》に盛大《せいだい》に足を滑らせてしまった。

視界一杯《いっぱい》に迫る、アリアのボディプレス。

至近距離で発動した自分の〈洞察〉スキルには、バストの詳細《しょうさい》なサイズ情報以外には、これといって異常は見つけられなかった。

②

色々とあって、ようやく到着《とうちゃく》した〈ティターニア国〉。

全体的な形は円形であり、城を中心に周囲を大きく囲むように街が作られている。

建物の色は目に優《やさ》しい、緑色とか青色とか黄色が主なベースになっている。

建物のデザインはゴシック風、全体的に均質かつ統一されていて隣接《りんせつ》する建物の間に隙《すき》間《ま》は全くない。まるで国そのものが一つの芸術品のようだ。

クロから全体マップデータを獲得したオレは、全体を俯瞰《ふかん》してそんな感想を抱《いだ》く。

それから一番近い西門から〈ウエスト・メインストリート〉に出た。そこで実際に見た街の雰囲気《ふんいき》は、とても活気にあふれているものだった。

モンスターとの戦いに役立つアイテムを販売《はんばい》している店の外で、元気よく呼び込《こ》みを行っているのは、耳が長く金髪《きんぱつ》に緑のメッシュが特徴的《とくちょうてき》な『妖精族』である。

彼等の容姿は髪色《かみいろ》を除けば精霊達《せいれいたち》とまったく変わらない。

長寿《ちょうじゅ》の種族らしく、パッと見は二十代前後の若い男女しかいなかった。

もちろん街にいるのは彼等だけではない、綺麗な金髪碧眼《へきがん》の精霊族も街の中を歩いているのがチラホラ確認できる。

「アリアはお姫様だけど、変装はしなくて良いのか?」

「わたくしは、周りが配慮《はいりょ》してくださるので大丈夫です」

〈エアリアル国〉のお姫様が街の中に現れたら大騒《おおさわ》ぎになりそうなものだが、どうやらそういった心配はいらないらしい。

民度良すぎないか、と思いながらオレは目立つ銀髪を全てコートの中に収納し最後に頭をフードで隠す事にした。

十人くらいが横に並んでも余裕があるメインストリートを三人で並んで歩きながら、スイーツ店をメインに立ち寄って、他にどんな店があるのか探索《たんさく》する。

目に留《と》まった特産品は、妖精印のエクレアだった。

ふんわり細長いシュークリームを、チョコレートでコーティングしたお菓子《かし》。

外はパリッとして深く甘い味わいが最初に広がり、その次に押し寄せるは溢れんばかりにたっぷり入っているカスタードクリーム。これには他の二人も気に入り、太らないからと一人で合計五つ購入《こうにゅう》して平らげてしまった。

店の女性に「ありがとうございました！」と笑顔で見送られながら、お菓子を堪能したオレ達《たち》がしばらく観光を楽しんでいると、今度は何故《なぜ》か金髪ロリ妖精達《ようせいたち》に捕《つか》まった。

「わー、ドラゴンの角だー」

「お姉ちゃん、きれいな髪《かみ》だねー」

小学校低学年くらいの子供の身長では、フードを被《かぶ》っていても銀髪が下から見えてしまうらしい。これは実に盲点《もうてん》であった。

学校の帰宅途中《とちゅう》っぽい手提《てさ》げバッグを手に、金髪の可愛《かわい》らしい幼女たちは動きやすいミニワンピース姿で足元をくるくる回っている。

なんとなく一人の頭を軽く撫《な》でてあげると、他の女の子も「わたしもわたしも！」と撫でられるのを強く希望してきた。

詩織《しおり》の小さい頃《ころ》を思い出すなぁ、と思いながら撫でられるのを見て増えていく甘えん坊の幼女達を両手で二人ずつ撫でて、効率よく次々に捌《さば》いていく。

隣にいるクロとアリアも他の子供達の相手をしながら、その倍以上の妖精の子供達と戯《たわむ》れるオレを見て、ずっとにこにこしていた。

「ソラ、大人気だね」

「ソラ様は、小さい女の子にも好かれるのですね」

「うーん、理由は分からないけど昔から、こういう世界の女の子達にはやたら人気があるんだよね」

今までのVRMMO歴の中で、ゲームキャラに告白された回数は数え切れない。

何故ならば出会って抱えている問題を解決すると、いつの間にか好感度がマックスになっているパターンが何度もあったからだ。

最初はプレイしたゲームの仕様かと思ったのだが、他のプレイヤーが同じクエストをこなしても感謝されるだけで、告白まではされなかった事が後に発覚した。

自分はそれ以降、歩く女性NPCキラーの二つ名を親友達から付けられている。

それから撫でられて満足したのか、「大きくなったらお嫁《よめ》さんにしてねー」と元気よく手を振って走り去った将来不穏《ふおん》な幼女達を見送り踵《きびす》を返した。すると、

「「お……？」」

なんとキリエの店で別れて以降、一度も会う事のなかった親友二人と遭遇した。

顔が露出《ろしゅつ》するタイプの軽量タイプの全身鎧、それと両手に盾《たて》を持ったヘンタイ的な装備は爽《さわ》やかイケメン〈騎士《きし》〉ロウである。

その隣にはローブを纏い、魔術《まじゅつ》を補助する杖《つえ》と槍《やり》を複合した〈ソルセルリーランス〉を握《にぎ》っている活発系イケメン〈魔術師〉シンがいる。

「〈エアリアル国〉にいると聞いていたのに、どうしてここに？」

「おっす、相変わらずモテモテだな」

「ちょっと色々とあって、この国の王様に用があるんだよ。……シン、モテモテって言うけど別に誰とも付き合っていないからな？」

驚いた様子のロウと軽い挨拶《あいさつ》と同時に片手を上げるシンの言葉に、ツッコミを入れながらチラッと真横にいるアリアを見る。

二人は以前のＶＲ会議で、彼女が精霊族のお姫様である事は知っている。

だから他のプレイヤーもいるこの場で、誰なのか聞く事はしなかった。

「そうなんですか。でも残念ながらオベロン王に謁見《えっけん》する方法は、未《いま》だにボク達にも分からないんですよ……」

「あー、そっちは気にしなくて良いよ。どうにかする方法はあるから」

「オマエが言うんだから、どうにか出来るんだろうな。それにしても最後に会った時よりも格段に強くなったじゃないか。その両手に着けてるの、普通《ふつう》のグローブじゃないだろ？」

両手の装備に注目したシンの疑問に、オレは隠すことなく正直に答えた。

「これは〈バアル・ジェネラル〉のラストアタックボーナスだよ。効果は素手《すで》でのアクションに、システムアシストが働くんだ」

「アシスト……それはスゴイですね」

「つまりそれを装備するだけで〈格闘家《かくとうか》〉じゃなくても強力な攻撃《こうげき》が使えるようになるって事か。まったく、チート要素を増やすんじゃねーよ」

新装備のスペックに、ロウとシンは揃《そろ》って苦笑いする。そこに嫌味《いやみ》な雰囲気は全くなく、どちらかと言うと、またかという呆《あき》れたものだった。

……確かにこの装備を入手したおかげで、自分は片手用直剣《ちよつけん》でフリーになっていた左腕でも攻撃やパリィができるようになった。

本来ならば、片手用直剣の最大の利点は盾を持てる事。その利点を捨てるのならば他の武器を選んだ方が良いのは知っているが、オレは敢《あ》えて装備していない。

これは師匠のシグレから、VR対戦ゲーム〈デュエル・アームズ〉の相手をさせられていた時、盾を弾《はじ》き飛ばされた後に良い感じに戦えたのがきっかけだった。

その時に敗北はしたが師匠は「盾が無くなってから攻撃が良くなった」と評し、自分も一番安定して戦えるから好んで使うようになったのだ。

師匠みたいに二刀流を練習していた時期もあったけど、剣を左右の手で別々に操るのは難易度が凄《すご》く高いんだよな……。

盾無し片手直剣を練習していた最初期の頃を思い出していると、次に二人の目は自分の隣にいるクロに向けられる。

いつの間にか真横にぴったりとくっ付いている彼女と、オレの顔を二人は交互《こうご》に見た後に、何かおかしかったのかクスッと笑《え》みをこぼす。

「ＶＲ会議の時にも思いましたが、以前にボク達と戦った時よりも明るくなりましたね」

「はじめて会った時は、すっげぇ闇《やみ》を抱えてそうな目をしてたけど今は年相応の可愛らしいお嬢《じょう》さんって感じがするな」

「……それは、ソラのおかげ……かも」

自身に変化をもたらしたのが『オレ』だと答えたクロは、口にして恥《は》ずかしくなったらしい。うつむいた後に背中を向けてしまった。

でもこの長い冒険の中で、自分は彼女に特別なにかした覚えは全くない。

考えられる事は、三人で一緒《いっしょ》に冒険をしているくらいだ。それがプラスになっているのなら、誘った側にとっては大いに幸いな事である。

実に可愛らしいクロの様子に、兄弟子《あにでし》としてほんわかしながら見ていると、

「やだ、恥ずかしいから見ないで！」

「ごふっ！」

いきなり真横から、超高速《ちょうこうそく》の肘《ひじ》打ちが飛んできて脇腹《わきばら》をえぐった。

痛みとかダメージはないのだが、受けた衝撃《しょうげき》の大きさに思わず膝《ひざ》を突く。

これが〈決闘《デュエル》〉状態だったら、自分のＨＰは五割近く減少していたかも知れない。

親友達は、その様子がよほど面白《おもしろ》かったらしい。

急にブフッと吹《ふ》きだした後に、今度は腹を抱えながら声を出さずに笑った。

こ、こいつ等、苦しむオレを見て笑うとは……後で覚えてろよ？

こめかみに青筋を浮かべて殺意の波動を放っていると、危険を察知した二人は逃げるようにオレの真横にいるアリアに視線を変えた。

「ごほん、お初にお目にかかります、騎士職のロウです」

「はじめまして、俺《おれ》は魔術師のシンだ」

「ロウ様、シン様、わたくしはアリアと申します。……えっとお二方は、ソラ様達のご友人でお間違いないでしょうか？」

王族の証である〈エアリアル〉は伏《ふ》せて簡単に名前だけ名乗った彼女は、オレ達がどういう関係なのかを問いかけた。

聞かれたロウとシンは、一瞬だけ顔を見合わせた後に肩《かた》を組んでみせると、空いた手の親指をグッと上に突き立てた。

「ええ、幼い時からの友人です」

「俺もこいつも昔に色々とあって、ソラに助けられた仲なんだ！」

自分達の交友関係は、ＶＲＭＭＯ〈スカイ・ハイファンタジー〉内で『二枚盾で攻撃に参加する気がない役立たずタンク』『魔法使《まほうつか》いなのに槍を持って前線に行くバカ』と言われて門前払《もんぜんばら》いされていた二人に、面白そうだからと声を掛けた時から始まった。

そこからリアルでも二人にはゲームの続行に関わるトラブルがあり、その問題に二人に抜けられると困るからとオレは首を突っ込んで、解決して今に至る。

あの時は大変だったなー、と呟《つぶや》きながら遠い目をしていたら、その言葉をとなりで聞いていたアリアは微笑んだ。

「わたくしも、ソラ様に助けられたのですよ。それも一度だけではなく何度も危ない場面を救っていただきました」

「そうですか、ならアリアさんもボク達と同じですね」

「ソラに助けられた者同士、仲良くしてくれると助かるぜ」

アリアと軽く握手《あくしゅ》を交《か》わすと、流石《さすが》にその美貌《びぼう》に見惚《みと》れてしまったらしい。

二人は少しだけ頰《ほお》を赤く染めた後に、逃げるように後ろに大きく下がった。

その意図が分からないお姫様は、一体どうしたんだろうと首を傾げている。

分かりやすい親友達のリアクションに、オレは弄《いじ》ってやろうと思い口を開くと——真横にいつの間にか、仮面を付けた集団が現れてビクッとした。

「は……だれ？」

二つの穴しかない仮面には、『百合《ゆり》の間に挟《はさ》まる男に死あれ』という信念を掲《かか》げた文字が刻まれていた。

間違いなくユグドラシルの国が運営している〈ＬＭＤ〉という教団の証。

彼等《かれ》の狙《ねら》いは、どう考えても一つしか考えられなかった。

異様な殺意をロウとシンに向ける〈ＬＭＤ〉は掲げる理念に従い、以前オレとクロに話しかけてきた男達と同様、この場で拘束《こうそく》しようと動き出した。

この二人は違《ちが》うと説得しなければ、そう考えて間に割《わ》り込もうとした矢先、

「――おやめなさい、此処にいる彼等はただの友人です。下心をもって近づいて来た不逞《ふてい》の輩《やから》ではない事を、わたくしが保証します」

いつになく凛《りん》とした顔をするアリアが、教団の前に立ちはだかりハッキリ言い放つ。

表情が窺《うかが》えない仮面を身に着けた、不気味な〈ＬＭＤ〉の先頭に立つリーダーっぽい女性騎士は、ジッと彼女の目を見据《みす》えた後に右手を上げた。

その動作だけで、包囲しようとしていた他のメンバー達は足を止める。

そこから右手を上げた者は深々と頭を下げて、仲間達とどこかに立ち去った。

危機を脱《だっ》したロウとシンは、力を抜いて地面に尻《しり》もちをついた。

「あ、アリアさん、ありがとうございます……」

「助かった、危うく独房《どくぼう》生活をするところだったぜ……」

顔を真っ青にしたロウとシンは、大きく深呼吸をしながら礼を口にした。

二人がビビるのも無理はない。他の者達のレベルは30前後とトッププレイヤーの平均値くらいに対し、先頭にいた者に関しては〝全く見抜けなかった〟。

情報圧から推測して、恐《おそ》らくは騎士団長ガストの二倍以上はあったと思われる。

戦ったなら恐らく、自分でも瞬殺されそうなヤバさだった。

教団にはあんな怪物《かいぶつ》がいるのかと戦慄《せんりつ》していると、ふと隣で何やらウズウズしているクロの異変に気が付く。一体どうしたんだろうと彼女の視線の先を追ってみたら、そこには集団で立ち去る〈ＬＭＤ〉の後ろ姿があった。

どうやら先程の強い圧で、彼女の中で強者を求めるスイッチが入ったらしい。

呼び止めて挑《いど》まなかったのは、アリアが説得した事を考えて我慢《がまん》したのだろう。

あんな怪物を前にしても、戦意を抱けるなんて流石だな……。

感心して眺めていたら、教団の姿が完全に見えなくなった辺りでクロはこう提案した。

「今から誰《だれ》か〈決闘〉しない？」

「……良いでしょう、気分転換《てんかん》とリベンジを兼ねてボクが相手をしましょう」

「はぁ？　抜《ぬ》け駆《が》けするなよ。せっかくリベンジする為《ため》に特訓したんだから、俺もクロっちと戦いたいんだが？」

先に名乗り出たロウに、シンが後から勢いよく異議を唱える。

そういえばこの二人は以前に、クロと〈決闘〉を行って敗北しているのだった。

流石に悔《くや》しくて特訓をしていたようだが、その成果は自分も未だ把握していない。

先程の恐怖心《きょうふしん》もどこへやら、やる気に満ちた彼等の様子を見て左腰《こし》に下げている漆黒《しっこく》の日本刀〈夜桜〉の柄《つか》に手を掛けながら、クロは少しだけ困った顔をする。

「えっと……わたしは、どっちが先でも良いよ」

「「むむむむむむむむむむむむむむむむ……」」

だけど二人は顔を突き合わせて自分が先だと譲《ゆず》らない。いつもならロウが大人になって先を譲るのに、今回は珍《めずら》しく子供の様に一歩も引かなかった。

こうなったらじゃんけんで決めるしかないかな。

そう思っていたら急に「分かりました！」とロウが手を叩《たた》いて、何やら妙案《みょうあん》が浮かんだという顔をした。

「それならこうしましょう。ソラとクロさんが組んで、ボクとシンが組んでタッグ戦をするんです。これならお互《たが》いに文句は出ないはずです」

「おお！ それ良いな！」

「タッグ戦か、オレは別に構わないけどクロはどうだ？」

「組むのがソラなら、わたしは別に構わないよ」

……その言い方だと、オレ以外とは組みたくないと聞こえるのだが。

取りあえず四人の意思は決定した。そこから更にルールは時間制限なし、半減決着で相手を二人とも半減させた時点で勝利となる事を決める。

最後にチラリと、今からタッグ戦を行っても良いかアリアに確認をする。

「わたくしも、皆《みな》さんの決闘を見てみたいです」

こうしてオレ達は急遽《きゅうきょ》、タッグ戦をこの先にある広場で行う事になった。

③

場所はウエスト公園。広さはおよそ野球場くらいあり、緑の芝生《しばふ》の上を駆け回るたくさんの子供達の姿をちらほら見かける。

戦う場所は、その四分の一のスペースに作られた人工の決闘場。周囲には賭《か》け目的のプレイヤーだけでなく、娯楽《ごらく》として観戦に来た妖精達の姿もあった。

配置に着いたオレ達は準備を済ませ、アリアの「始め！」という合図で戦いを始める。

——さて、久しぶりに親友二人と戦う事になったのだが、今回のメインはクロなので彼女をアタッカーとして配置して、自分はサポーターとして動くことにする。

役割としては付与スキルで強化して、状況を見て対応する感じだ。

開始と同時に一気に攻《せ》めても良かったが、相手には受けの達人であるロウがいる。

うかつに攻めてパリィの一時硬直《こうちょく》を受けたら、そこをシンに狙い撃《う》たれてしまう。

だから極力無理はしないで、ロウを崩《くず》してから〈魔術師〉のシンを倒す。

これが一番無難で、堅実《けんじつ》な戦法なのだが……。

「やりますよ、シン！」

「おうよ、俺の絶技を見せてやらぁ！」

開幕にクロの攻撃を防御《ぼうぎょ》しながら、ロウが騎士のスキル〈挑発《ちょうはつ》〉で注意を一身に引きつける。その視線から外れた瞬間に、シンが風属性魔法《まほう》〈ウィンド・ボール〉を放った。

しかも照準をシステム任せにして、ただ普通に放っただけではない。

二つの風の球は直線ではなく、驚《おどろ》くことに一方は山なりにもう一方は大カーブをして飛んできた。

これを外野から見てたアリアは、高難易度の操作魔法だと言ってびっくりしていた。

基本的にこのゲームの遠距離攻撃《えんきょりこうげき》は、システムにアシストされて標的に愚直《ぐちょく》に真っ直《まっす》ぐ向かう。それをシンは設定でマニュアルにして、全て自分で操作しているらしい。

（これは驚いたな、……だけど！）

たしかに並みのプレイヤーでは、反応できなくてマトモに受けそうな戦術。でも残念ながらこちらには〈感知〉スキルがある。

巧《たく》みにコントロールして死角から来る魔法の攻撃も、広げた知覚領域によって正確に位置を把握《はあく》することが出来るので、クロに指示を出して対応するのは余裕だった。

シンからは「どんだけコントロール頑張《がんば》ってても位置バレしてんのうぜーっ！」と悪態を吐《つ》かれたが、これは勝負の世界なので容赦《ようしゃ》はしない。

かれこれ数回は使用した後に、二人の合わせ技は止まる。恐らくポーション類を飲むことができない〈決闘〉で、アイツが使える魔法の回数は残り僅《わず》かなんだろう。

それよりも一番の問題は、強化した装備で〈ノックバック耐性《たいせい》〉〈衝撃軽減〉等を獲得したロウの防御がより硬《かた》くなり、クロが苦戦している事だった。

鋭《するど》い連続攻撃を、左右の盾で完璧《かんぺき》にガードしている姿に油断や隙は微塵《みじん》もない。

時々シールドに付属した刃《やいば》で、ダメージを狙って来るのは実に厄介《やっかい》であった。

「装備を整えたアイツを崩すのは、流石にクロでも難しいな……」

ＭＰ節約の為に、シンが前に出たのに合わせて此方《こちら》も前に出る。ロウが受けて僅かに生まれたクロの隙に、槍を叩き込もうとするのをオレがパリィして防いだ。

お返しにクロが〈瞬断《シュンダン》〉を放つと、今度はロウが盾で守りに入った。

互いに態勢を立て直す為に大きく後ろに下がると、そこでシンが勝負に出る。

「俺の全力を受けやがれ。吹き荒《あ》れろ炎《ほのお》の嵐《あらし》──〈ファイア・ストーム〉！」

展開した魔術陣《まじゅつじん》から、大きな炎の嵐が自分達に向かって放たれる。

それは以前に魔王《まおう》シャイターンが使用した大技。

あの時は破壊《はかい》不能オブジェクトの柱で何とかやり過ごしたが、此処にはそんな避難《ひなん》できそうなものはない。

観客達も「キャーキャー」と悲鳴を上げながら炎の嵐に巻き込まれている。

しかし〈決闘〉のルールによって、対戦者である自分とクロにしかダメージは発生しない。

観客達の驚く声をＢＧＭに、かつて背を向けた魔法を前に考える。

真正面から受けたら敗北は必至、だけどＭＰを使い切ったシンはこれでもう魔法を使用する事はできないはず。

これさえ切り抜ければ、それは勝利に大きく近づくことを意味する。

だから〈洞察〉スキルで注意深く観察し、炎《ほのお》の嵐《あらし》の急所を見抜いたオレは白銀の剣を構えてクロに此処が勝負所だと伝えた。

「今から突っ込む、その後ろを寸分違わずについて来てくれ」

「その後は、どうしたら良い？」

「……多分正面衝突《しょうとつ》になるから、アイツ等に押し負けない覚悟《かくご》を持つんだ。特に今のロウの防御は固いけど、相手するのが厳しそうならオレが」

「大丈夫《だいじょうぶ》、ちょっと考えがあるから次は崩してみせるよ」

「わかった。それならロウを頼《たの》む、オレはシンを倒《たお》そう」

彼女からはアレに突っ込むなんて馬鹿げてる、なんて否定的な言葉は一切《いっさい》出てこない。

互いに信頼《しんらい》しているオレ達は、武器を手に配置に着いた。

「カウントするから、それに合わせて来てくれ。——頼むぞ、相棒！」

「りょーかい！」

迫《せま》る炎の嵐は、もう目の前まで迫っている。白銀の剣を構えて先頭に立った自分は、クロが背後に立ったのを確認した後にカウントを始めた。

「行くぞ、3、2、1、ゼロ！」

ゼロと叫《さけ》ぶと同時に突進《とっしん》。自身とクロに〈ハイストレングス〉〈ハイアクセラレータ〉〈ハイプロテクト〉〈シュプルング〉を付与して、ステータスを大きく底上げする。

右手の剣を横に構えて更に〈エンチャント・アクア〉を発動、水を纏《まと》い全力の刺突《しとつ》技〈ストライク・ソード〉を解き放った。

強い捻《ひね》りを加えた必殺の一撃《いちげき》は、切っ先を始点に水の膜《まく》を発生させる。

これは属性エンチャントの——ダメージ耐性効果。

相性《あいしょう》有利とはいえ、流石に中級魔法の威力《いりょく》を完全に遮断《しゃだん》する程の効果はない。

(だけどダメージを軽減できるのは、今はとても重要なことだ！)

正に一本の水槍と化したオレはそのまま炎に衝突すると、青のスキルエフェクトを放つ刺突技が一瞬《いっしゅん》だけ拮抗《きっこう》する。ジリジリとHPが削《けず》られるが二割ほど減少したラインで停止して、遂《つい》には一人分の小さな穴を炎嵐に穿《うが》った。

「やっぱり抜けてきましたか！」

「相変わらずメチャクチャしやがるな！」

抜けた先には、既《すで》にロウが身構えていた。

どうやら壁《かべ》役を先頭に置くことで、完全にこちらの勢いを止めるつもりのようだ。

でもそれは、此方の想定通りであった。

強化された跳躍力《ちようやくりよく》を用いて高く上空に跳《と》び、ロウの壁をあっさり突破《とっぱ》する。

目の前には中級スキルの硬直で背後に隠れていたシンがいた。剣を構えた自分は着地と同時に地面を蹴《け》り、猛烈《もうれつ》な三連撃を叩き込んで彼を行動不能にする。

「ぐは……まさか跳び越えて来るとは……」

「残念だったな、こっちには跳躍力《ちようやくりよく》上昇《じようしよう》の付与スキルがあるんだよ」

「くそ、そうだったな。俺とした事が忘れてたわ……」

地面に大の字で動かなくなるシン、これでようやく一人目を倒した。

後は残ったロウを二人掛《が》かりで倒せば、こちらの勝利だと急いで後ろを振り返る。

——背中を向けている双盾《そうじゆん》の騎士は、クロと相対しながら固まっていた。

相棒を信じて少しだけ様子見をしたら、彼の手から握っていた盾が地面に落ちる。

アイツが盾を落とすとは、一体何が……。

信じがたい光景に困惑《こんわく》していると、次に間髪入《かんはつい》れずに横一線のダメージエフェクトが発生して、ロウのＨＰが一気に半分まで減少した。

目の前に表示されたのは勝利を告げる『ＷＩＮ』の三文字。

敗北ペナルティで硬直して倒れたロウの前には、居合切り〈瞬断〉を放った姿勢から滑《なめ》らかな動作で納刀するクロの姿があった。

「いやはや……まさか、あのような攻略《こうりゃく》をしてくるとは予想外でした……」

「……格闘家のスキル〈龍掌底《リュウショウテイ》〉は障害物を貫通《かんつう》する技。本来は鎧《よろい》で守られている身体に放つ防御《ぼうぎょ》貫通の技だけど、盾を持つ手もいけると思ったの」

なるほど、どうやらクロは衝撃波《しょうげきは》を手に叩き込むことによって他のVRMMOとかで良く見られるディスアーム──武器落としを狙ったわけだ。

「流石にビックリして、もろに〈瞬断〉を食《く》らっちゃいましたね。今回は勝てると思ったんですが、流石は数多《あまた》の対戦を制して来た〈黒姫《くろひめ》〉です」

「ちくしょー、〈強制よそ見戦法〉他の奴《やつ》等には刺さりまくったんだけどな。まさか一発もかすらないとか、流石に自信を無くすぜ！」

「……あなた達もすごく強かった。曲線で正確に狙って来る魔法なんて初めて見たし、ソラがいなかったら初見で回避《かいひ》はできなかったと思う。それと両盾のあなたは、今まで相手にした盾使いの中では一番厄介だったよ」

「本当に二人とも強かった。次にやったらオレ達が負けるかも知れないな」

お互いの健闘《けんとう》を称《たた》えた後、シンとロウに手を貸して起き上がらせる。

二人が「次は負けない」と口にしたら、周囲から惜《お》しみない拍手が沸《わ》き起こった。

見ていた妖精達とプレイヤー達は揃って歓声《かんせい》を上げて「あの決闘のトップランカー

〈月影《ムーン・シャドー》〉が負けるなんて、久しぶりに見たぜ！」「初見で視覚外の魔法に対応するとか、バケモノかよ！」といった様々な感想が聞こえてくる。

決闘のトップランカー？　〈ムーンシャドー〉？

まったく知らない情報に首を傾げる。一体どういうことなのか隣《となり》にいる二人に説明を求めたら、彼等は苦笑《くしょう》交じりに答えた。

「イベントの片手間でタッグ用の決闘をしていたんですけど、ボク達は百戦近くして勝率が七十パーセント以上あるんですよ」

「敵の注意を引きつけるロウが『月』で、死角から魔法で狙い撃つ俺が『影』だ。ちなみにコンビ名の〈月影〉は俺が考えたんだぞ」

ゲーム内でシンは、普段は家とか学校で隠している中二病を表に出す。〈月影〉とはカッコよさを追求する彼らしいネーミングだと思った。

完成度の高い戦術に関しても、沢山《たくさん》のプレイヤー達との戦いで高い勝率を維持《いじ》していることが全てを物語っている。たしかに初見でアレの対策をするのは難しいだろう。

先程の戦いで披露《ひろう》された連携《れんけい》技を思い出していたら、離《はな》れた所で観戦していたアリアが笑顔《えがお》で此方に駆け寄ってくるのが見えた。

途中で石に躓いてこけないか警戒《けいかい》していると、何事も無く目の前まで来れた彼女は足を止めて興奮冷めやらぬ様子で思いを吐露《とろ》する。

「皆さん、本当に素晴《すば》らしい決闘でした！　特に最後の〈ファイア・ストーム〉からの息もつかせない展開は、興奮して今も胸がドキドキしていますっ！」

飾《かざ》らないお姫様のストレートな言葉に、何だか背中がむず痒《がゆ》くなった。

やはりこうやって称賛されるのは、何度経験しても慣れない。

親友二人も自分と似たような反応をしており、唯一《ゆいいつ》相棒のクロだけが素直《すなお》に彼女の言葉を受け止めて「ありがとう」と微笑《びしょう》と共に返事をしていた。

そんな二人の和《なご》やかな空気が周りにも広がる中、急に広場の出入り口の方から大きなざわめきのような音が聞こえる。

一体どうしたんだろう。そんな軽い気持ちで振り返った先には、なにやら金と緑の髪に金眼の威厳《いげん》を纏った王族っぽい風貌《ふうぼう》の青年が立っていた。

年齢《ねんれい》は見た感じでは二十代、身に着けているのは周囲にいる妖精達と同じ民族衣装《いしょう》。その上に最低限の身を守る鎧とマントを羽織っているだけなので、見方によっては一般《いっぱん》の民が王族のコスプレをしているように見える。

だけどその隣には、彼が王である事を証明するレベル50の騎士が控《ひか》えている。

纏っている威圧《いあつ》感はガストと全くの同等、間違いなく騎士団長クラスだ。

見抜いた名前は〈ギオル・ナイト・グランドクロス〉。腰に下げている〈ティターニア・ソード〉に手を置いて、どうやら此方を警戒している様子。

少しだけ緊迫《きんぱく》した雰囲気の中、こちらも身構える。そうしたら青年が片手を上げて、横にいた騎士は邪魔《じゃま》にならないよう後ろに下がった。

前に出た青年は、綺麗に頭を下げて自己紹介《しょうかい》をした。

「お初にお目にかかる、偉大《いだい》なる天使長の力を授《さず》かりし銀の冒険者《ぼうけんしゃ》。それと黎明《れいめい》の少女よ。我の名はオベロン・ティターニア。この国を治める王だ」

「初めまして、冒険者ソラです……」

「はじめまして、クロです……」

「お久しぶりです、オベロン王」

三人で同じく頭を下げて挨拶を返したら、オベロンは口元を緩《ゆる》めた。

先程《さきほど》までオレの事を見極《みきわ》めんとしていた目を止めて、彼は隣にいるアリアに「よく来てくれた」と言った後に、瞳《ひとみ》に優しさにあふれた色を宿す。

まるで肉親に向けるような温かい眼差《まなざ》しに、自分の中に一つの疑問が浮上《ふじょう》してくる。

でも〈洞察〉スキルからは、二人を関係付ける情報などは一切出てこない。

今までそんな情報はまったくなかったので、心境はまさに寝耳《ねみみ》に水《みず》である。

思わず尋《たず》ねようとしたら、先にオベロンは背を向けてしまった。

「冒険者ソラ、それとパートナーのクロよ。〈精霊の指輪〉を所持するお二方には、今から我《わ》が城に来ていただきたい。そこで今後の事を話したいと思う」

「え、あ……えーっと……」

彼から言われて、思わず親友達をチラ見する。

しかし、オベロンはこう話を続けた。

「後ろにいる仲間の同伴は、残念ながら許容できないと先に言っておこう。我が城は残念ながら、今は証を持つ者以外は全て立ち入りを禁止しているので」

歯切れの悪い反応から察したのか、質問しようとしていた事を先に告げられる。

どうしようと思い、再び後ろの方で待機している親友二人を見たら、

——指輪を所持していない彼らは、自分達は良いから行ってこいと言わんばかりに右拳《こぶし》をつきだし、その親指を天高く上げていた。

二人に背中を押してもらった今、もう細かく考える必要なんてない。

オベロンの招待にオレは、応じることにした。

④

用意された馬車で、街のエリアを抜《ぬ》けた先には巨大《きょだい》な壁が待っていた。

高さはおよそ二十メートル。防壁《ぼうへき》の情報圧は尋常《じんじょう》じゃない程《ほど》に強く、プレイヤーの攻撃では傷一つ付けられない事が肌《はだ》で感じられる。

そんな外界を遮断する壁には四方に門があるらしく、自分達が向かったのは一番近い西門の方であった。王族のアリア達は当然ながらフリーパスで、オレとクロは指輪を門番に確認《かくにん》してもらった後に入る許可を貰《もら》った。

王様がいてもチェックされるとは中々に厳しい。そう思いながら門を通った先には、とても既視感《きしかん》のある大きな城が遠くに確認できた。

全長は百メートル程度、天高くそびえ立つ塔《とう》が特徴的なゴシック様式の建築物。

……なんていうか、パッと見の外観はエアリアル城に似ている。

使用している素材は流石に〈ティターニア国〉でしか入手できないものだけど、設計図はまったく同じモノを使用している感じだった。

「ほら、似てるでしょ」

「ああ、たしかにあれは似てる。……たしかクロは一度来たことがあるんだよな。でもどうやって、その時に城門を通る許可を貰ったんだ？」

「えっと……ソラと会う前なんだけど、スペシャルクエストで騎士団長さんのお子さんが迷子になったのを、シグレお姉ちゃんと見つけて連れて来た時だったかな」

外で馬に乗って随伴《ずいはん》している騎士団長を見て、クロは当時の事を思い出しながら語った。

そんな経緯《けいい》があったのかと思いながら、オーベロン城に再び注目する。

外見は本当によく似ている。二つの城の違う点を強《し》いて挙げるなら、オーベロン城には頂上辺りに妖精《ようせい》と精霊が手を繋《つな》いだレリーフがある事だろう。

なんで二つの国の象徴《しょうちょう》である城が全く同じなのか。

ゲーマー知識でメタ的に考えるなら、ただのコスト削減《さくげん》で同じデータを流用した可能性が挙げられる。

だけど〈アストラル・オンライン〉は、現実に影響《えいきょう》を与《あた》える超常《ちょうじょう》的な存在。それを考《こう》慮《りょ》するのなら、普通のゲーム知識で考えるのは間違《まち》ってるかもしれない。

ここが現実に近い世界だと仮定して、ほとんど同じ外観をした城から考えられるのは両国は建国される以前から深い間柄《あいだがら》である事。両国の友情の証……だと強引《ごういん》に推測するのなら、お揃いの城である理由も一応は説明できる。

同席しているオベロンに聞いてみたら、彼は大昔に大災厄《さいやく》を封印《ふういん》した後に一柱の天使が設計をしたらしい、と一つだけ興味深い情報を提供してくれた。

ふむふむ、実に興味深い……。

封印をした後に天使が設計をしたという事は、もしかしたら二つの城は封印を補助する役割を兼《か》ねているのかも知れない。

「そういえば、さっき聞いた黎明の少女って何のことだ？」

挨拶で聞きそびれてしまったが、先程オベロン王の口から出て来た聞きなれない新ワードについて尋ねてみると、向かい側の席に座《すわ》る彼は快く答えてくれた。

「――天から堕《お》ちた明けの明星《みょうじょう》は、黎明の天使と出会い光を取り戻《もど》す。巫女《みこ》と共に七つの闇を討《う》ち倒し、旧世界を創り直し新なる世界を創造するだろう。……という伝承が遥《はる》か昔より王家に伝えられているのだ。明けの明星とはアナタの事を指し、その隣に並び立つ少女――クロ殿《どの》は黎明の天使だと我は考えた」

「なるほど、そういう事か」

色々と気になる点がある伝承だけど、最初の黎明の天使と出会って光を取り戻すという部分は当たっているような気がする。

何故《なぜ》ならクロと一緒に冒険《ぼうけん》をして、少しずつだけど自分の中にあるオンラインゲームに対する忌避《きひ》感が薄《うす》れてきているような気がするから。

ガタンガタンと小さく揺《ゆ》れる馬車の中、キャリッジの窓の外を眺《なが》めながらそんな事を考えていると、いつの間にか城の目前まできていた。

思考を中断して城門の前でゆっくり停車したら、オベロンの指示で全員馬車から降りる。

その後は先導する王様の後に続いて、徒歩で城内を歩く事となった。

内装もエアリアル城と同じことに感心しながら、城内を清掃《せいそう》している綺麗《きれい》な妖精のメイドさん達《たち》を尻目《しりめ》に広い通路を進んでいく。その中でいつものように何もない平坦《へいたん》な道で何度か転倒《てんとう》しそうになったドジっ子のアリアを、オレは慣れた動作でフォローした。

「ああああああ、今日はビシッと決めたかったのにぃ……」

羞恥心《しゅうちしん》で頭から湯気を出すお姫様《ひめさま》に、オベロンは笑って「本当にアリアは昔からドジだな」と優しく《やさ》言ってから頭を撫《な》でた。

「もう、わたくしは小さなお子様ではないのですよ！」

「ははは、何年経《た》ってもアリアは我の可愛《かわい》いリトルレディ——ぐふ⁉」

からかうオベロンに、ムッとしたアリアは軽いグーパンチをお見舞《みま》いする。

見事な右拳を受けた王は、装備している防具のおかげでダメージは発生しなかった。でも衝撃まで軽減はできなかったらしく、数秒間だけ腹を押《お》さえて硬直した。

〈エアリアル国〉の女王様と〈ティターニア国〉の王様、この組み合わせで良くある王道ストーリーを連想するなら、それは両国を繋ぐ恋人《こいびと》的な関係だろう。

でも今の二人のやり取りから感じ取れた雰囲気《ふんいき》は、なんというかアハズヤと同じ親族っぽいものであった。

この情報から次に連想できるのは、恋人ではなくおや――

二人がどういう関係なのか推測していると急にオベロンが足を止めて、そちらの方に意識が半強制的に向いてしまう。

目の前には、頑丈《がんじょう》そうな大きな扉《とびら》があった。

待機していた警備の騎士《きし》が、行く手を塞《ふさ》ぐ扉に手を掛けて左右にゆっくり開く。

目の前に広がったのは、自室の十倍以上はある王の間だった。

室内に第一歩を踏《ふ》み出したオベロンに続いて中に入る。

内装はこれといってキラキラしておらず、オベロンが贅沢《ぜいたく》をしていない様子が窺《うかが》えた。

唯一輝《ゆいいつかがや》きを放っているのは、少量の黄金を使用している玉座くらいだ。

段々と空席の玉座が近づいてくると、騎士団長ギオルに止まるように指示されて歩みを止める。待機している間に数段高い位置にある玉座まで上がって腰を下ろしたオベロンは、再び威厳を纏いオレ達を金色の瞳で見下ろす。

「我が城にようこそ、神に選ばれし冒険者よ。客人である二人には先《ま》ずこれを渡《わた》そう」

彼がウィンドウ画面を表示して何やら金色に輝くアイテムを取り出すと、左右で待機している護衛騎士がそれを受け取り下りてくる。

騎士は目の前で足を止め、オベロンから受け取ったアイテムをそっと差し出す。

なんだろうと思って見たら、それは金で作られた鍵《かぎ》だった。

「あと数刻もしたら夜が来る。我が城の客室をお二方に貸《か》し与えるので、今日はそこでゆっくりすると良い」

「……ありがとうございます、オベロン王」

表では礼を言いながらも、レアなアイテムじゃない事に内心ガッカリした。

こういう特別な場だと、ついレア物を期待してしまうのはゲーマーの性分《しょうぶん》である。

周りにはバレないように小さく肩を落としたら、それだけで相棒のクロは察したらしい。

オレを見て、少しだけ呆れた顔をした。

そこからは自分の番だとアリアが前に出て、オベロンに対峙《たいじ》して〈封印の地〉の現状と復活が近づいている〈暴食の大災厄〉に対抗《たいこう》する為に、神殿《しんでん》の封印を解除するのに必要な四つの鍵を集めている事を説明する。

これをオベロンは真剣《しんけん》な表情で聞き、話が終わると最後に「わかった」と頷《うなず》いた。

「国内で最近、闇の信仰者《しんこうしゃ》の襲撃《しゅうげき》が相次いでいる。奴等が動いているという事は、もしかしたらと思っていたのだが、まさかそのような恐ろしい災厄が迫っているとは……」

「という事は、鍵を譲ってもらえるんですか？」

単刀直入に聞いてみるが、オベロンはその場で即答《そくとう》をしなかった。

何やら考えるような素振《そぶ》りを見せた後に彼は、ゆっくり口を開いて何か喋《しゃべ》ろうとして、

——その絶妙《ぜつみょう》なタイミングで、背後から扉が開く音がした。

何だろうとチラッと後ろを見たら、そこには大臣っぽい妖精の男性がいてオレ達に一礼した後に真《ま》っ直《す》ぐ玉座に向かって行った。

男性はオベロンに近づき、手にしていた巻物っぽいモノを渡す。

黙《だま》ってみていると、彼は手にした巻物を広げて実に楽しそうな笑みを浮かべた。

「取りあえず鍵の件は、今は手元にないので後日にしよう。それよりもアリア達は長旅をしてきたのだ。本日は労《ねぎら》いと〈エアリアル国〉の姫《ひめ》と一国の危機を救った英雄の来訪を祝うのを兼ねて、国を挙げたパーティーを開きたいと思う！」

目の前に表示されたのは、イベント『妖精国の英雄祭』というタイトル。

内容は全アイテムの数量限定の割引と、国内で作られた料理を食すことで明日から三日間だけ継続《けいぞく》する経験値量アップのバフが掛かる。

更《さら》にそれだけでなく、イベント『妖精国の危機』で討伐《とうばつ》数が上位五十位内のプレイヤーには城のパーティーに参加する資格が与えられる。その特典は〈ニンフェインゴット〉と

いう希少なアイテムを入手できるらしい。

窓の向こう側からは祭りを開始する空砲《くうほう》の大きな音と共に、プレイヤーの歓喜《かんき》の叫び声らしきモノが遠く離れたこの城にまで聞こえてくる。

レアなアイテムは欲《ほ》しいが、その為にはパーティーに参加しないといけない——ああヤバい、ものすごく面倒《めんどう》なイベントがやってきた。

心底嫌《いや》そうな顔が表に出そうになり、ギリギリのところで耐《た》える。

隣ではクロも微妙《びみよう》な表情をしていて、このパーティーの中で唯一《ゆいいつ》笑《え》みを浮かべているのはパーティー慣れしているお姫様のアリアだけだった。

陰《かげ》の者には精神的に辛《つら》すぎる。恐る恐る挙手して、インゴットは惜しいがそれに出席するのを辞退しようと思っていたら、

「パーティーにドレスは欠かせません！　お嬢《じよう》様方のコーディネートは是非《ぜひ》とも私達にお任せ下さい！」

背後の扉を勢いよく開けたメイドの女性達が、ハンガーラックに掛けられた色々な女性物のドレスを押しながら、次々に王の間になだれ込《こ》んできた。

突然《とつぜん》の乱入者達に、唖然《あぜん》としてしまい辞退するのを言いそびれてしまう。

オベロンは咎《とが》める事はせずに、彼女《かのじよ》達の様子を楽しそうに見ているだけだった。

話の場はあっという間に、ドレス展みたいになった。その中には当然ながら、男性用のスーツなどは存在しない。おまけに試着室外では、パーティーが終わるまで着脱《ちゃくだつ》不可という謎《なぞ》の呪《のろ》いまで付与《ふよ》されている事が〈洞察《どうさつ》〉スキルで発覚した。

ドレスには興味があるのか、クロは少しだけ目を輝かせて彼女達が手にしている色とりどりの衣装に注目している。

「美しい銀髪《ぎんぱつ》の英雄様には、こちらのお召《め》し物はいかがでしょうか？」

一人がそう言って手にしたのは、肩《かた》が露出《ろしゅつ》するタイプの黒いドレスだった。裾《すそ》は長く全体的に見て、大人っぽい感じのデザインだ。

たしかに彼女が言った通り、銀髪少女のアバターには似合うと思う。けれども自分の中身は、ゲーム好きの男子高校生で女装趣味《しゅみ》などは一切ない。

その他にも色々とドレスを薦《すす》めてくるメイド達に追い詰《つ》められて、壁際まで下がったオレは遂に、突《つ》きつけられた衣装を前に心が限界に至った。

男としての防衛本能が働き〈ハイアクセラレータ〉と〈シュプルング〉を自身に付与すると、近くにある開きっぱなしの大きな窓から逃走《とうそう》した。

⑤

ＶＲアクションのジャンルで一時期、高所から落ちて色々な技を駆使《くし》して着地するゲームが流行《はや》っていた。

そのトップランキングに載《の》っていた自分にとって、高さ百メートルの城から躊躇《ためら》いなく落ちるのは実に容易な事であった。

建物の出っ張りなどを掴《つか》んで落下の勢いを何度か減速させまくった後、ダメージを受けることなく地面に受け身を取りながら着地する。

ここでゲーム内からログアウトしても良かったのだが、ふとゲーマーとしての探求心が芽生えてメニュー画面を開いた指先を止める。

そうだ、せっかく城の中で一人になれたのだ。なにか面白《おもしろ》そうなものはないか〈感知〉スキルの管理を任せているルシフェルに尋ねると、

『マスター、アンノウン反応があります』

「アンノウン反応？」

何それと首を傾《かし》げたら、彼女から脳内に索敵《さくてき》結果の一部分だけが共有される。

自身を中心に円形に展開されている〈感知〉スキル。二十メートルの範囲内《はんいない》に何やら見たことがない、黄色のキャラクターカーソルを確認できた。

一般的《いっぱんてき》な知識として、ゲーム内のキャラクターには識別カラーが存在する。

例えば自分達プレイヤーは『青色』。

アリア達みたいなこの世界の住人は『緑色』。

敵性勢力であるモンスターや闇《やみ》の信仰者は『赤色』といった感じ。

黄色といえば、大抵《たいてい》は中立的なポジションに与えられる色。

だけどこの世界で、そんな第四の勢力がいる話は一度も聞いた事がない。

もしかしたら、まだ誰も接触《せっしょく》した事がない未知の存在かも知れない。

そんな期待に胸を膨《ふく》らませたオレは〈感知〉スキルで自分の事を捜すメイド達を回避しながら、黄色のカーソルがある場所まで隠密《おんみつ》して行った。

「ここは、もしかして教会……？」

隠《かく》れながら到着《とうちゃく》した先は白い年季の入った教会だった。見たところ城と同じ時期に作られた事が、常時展開している〈洞察〉スキルで見抜《みぬ》くことが出来る。

古くから存在する神を信仰する建物に、意味深なカーソルの出現。

これは絶対にレアなアイテムに繋がる、何か特別なイベントがあるはず！

わくわくしながら開けっ放しの扉から中を覗《のぞ》いてみる。

するとテレビとかで良く見る長椅子《ながいす》が左右対称《たいしょう》に並べられている光景に、最奥《さいおう》には何だか見たことがある少女の像を祀《まつ》った祭壇《さいだん》が確認できた。

あの少女、よく見ると現実に現れた自称《じしょう》神様のエルに似ている気がする。

まさかこの世界の神様が、現実に顕現《けんげん》したっていうパターンなのか？

予想外の新情報に困惑しながら問題のアンノウン反応を探すと、何やら祭壇の手前で祈《いの》るように跪《ひざまず》いている人物を発見した。

パッと見た後ろ姿は、黒い鎧に赤いマントを羽織ったテンプレの騎士という感じ。

教会内だから武装はしていないけど肌に感じられる情報圧に関しては、これまで出会った中でも桁違《けたちが》いの強さだ。そんな騎士を〈洞察〉が見抜いたレベルは、

――ひゃ、ひゃくごじゅう⁉

思わず目を擦《こす》って、誤表記なんじゃないかと再度確認《かくにん》してしまう。

だが全てを見抜く〈洞察〉スキルが、自分に教えてくれる情報は全く変わらなかった。

レベル『１５０』って嘘《うそ》だろ！

いくら何でも高すぎる、表示がバグってるんじゃないか⁉

こんな序盤《じょばん》の国に、出現して良いレベルじゃない。

もしも戦闘《せんとう》になったら確実に負ける、そう確信させる程の異常なレベルに戦慄《せんりつ》する。

でもこれがイベントなんだとしたら、話しかけても即《そく》戦いにはならないはず。

長年の直感を信じて教会内に踏み込んだオレは、ゆっくり騎士に近づくことにした。

「……む、この気配は天上の冒険者、それも〈光賚者《ルシファー》〉か」

振《ふ》り向かずに察知した騎士は、立ち上がると背を向けたまま若い男性の声で、こちらが何者なのかズバリ言い当てて来た。

……って、ちょっと待て。この声には聞き覚えがあるぞ。

彼《かれ》を見て脳裏《のうり》によぎったのは、巨大なボスが精霊達《せいれいたち》を道連れにしようとした一撃に横から現れて見事なパリィを決めた大剣使《たいけん》いの黒騎士の姿。

あの時の光景は今も鮮明《せんめい》に思い出せる。そして目の前にいる騎士の後ろ姿は寸分違《たが》わず、あの窮地《きゅうち》に駆《か》けつけてくれた騎士と一致《いっち》した。

「貴方《あなた》はまさか〈バアル・ジェネラル〉との戦いの時に大技を止めてくれた……」

「アレはキミ達の為《ため》ではない。精霊達には良くしてもらった恩があったからな、私はそれを返したまでのことさ」

驚いて足を止めたら、彼はゆっくり振り向いて正面の姿を堂々と晒《さら》す。

パッと見た全体の鎧のデザインは、シンプルかつスマートな感じだった。頭部は口元だけ露出しているだけなので、正確な顔立ちは全く分からない。

次いで全体的な装備のレアリティは『A』ランクと高いもので固められている。

これだけの装備があったなら、この地で苦戦する事は一切ないだろう。

ただ一つ気になる情報が〈洞察〉スキルで視界に飛び込んでくる。なんと鎧が〝洗脳効果と着脱不可〟という、二つの呪いが付与された代物《しろもの》だったのだ。

高性能の代償《だいしょう》と考えれば少しは納得《なっとく》できる効果だけど、それにしてもこの二つの組み合わせは酷《ひど》い。自分なら入手しても絶対に装備したくない。

鎧を見て頬《ほお》を引きつらせるオレに、黒騎士は口元に苦笑を浮かべた。

「ははは……どうしてだろうな、キミを見ていると何故《なぜ》か娘《むすめ》の事を思い出すよ」

「むすめさんが、いるんですか？」

「ああ、私はどうしようもない程に愚《おろ》かな男で、不慮《ふりょ》の事故で娘をたった一人で置いてきてしまった上に一緒《いっしょ》にいた妻と離ればなれになってしまったんだ。家族はこの命に替えても守ると誓《ちか》ったのに、本当に最低でダメな男さ……」

その悲しみに暮れる姿を見て、何も言えなかった。

ゲームキャラクターの不幸な話としては、良くあるもので特に目新しさはない。

いつもの自分なら「最終的には妻と娘と再会してハッピーエンドで終わるのかな？」とメタい想像をして、ここからどういう展開になるのかを想像する。

……でも何故だろう。ただのイベントに深みを加える為の不幸エピソードのはずなのに、彼の言葉の端々《はしばし》からは重苦しさを感じさせられる。

黙って聞いていると黒騎士は、暗い気持ちを払《はら》うように頭を左右に振ってストレージから取り出した黄色いポーションを一気飲みした。

「それは……」

「実はこの鎧には、とても厄介な効果が付与されていてね。それを常に無効化しないとまともに自我《じが》を保てないから、こうやって定期的に高価でクソまずい〈状態異常〉を一定時間無効化するポーションを飲んでいるんだ」

「鎧の効果を解除することは、できないんですか」

「思いつくことは全て試《ため》したんだけど、残念ながら殆《ほとん》ど効果がなかったんだ。今は各地を旅しながら、伝承を頼《たよ》りに呪いを無効化する方法を探しているんだが……」

どんな伝承があるのか知らないが、この教会での神頼《かみだの》みも効果はなかったと言わんばかりに、黒騎士は祭壇に設置されている祈る少女の像を見上げる。

もう藁《わら》にも縋《すが》る思いなのだろう。気落ちする黒騎士の哀《あわ》れな姿を見て自分は、この鎧を外す方法を探すことが最初のクエストだと推測する。

何事もハッピーエンドが好きだ。呪いを解くことで彼が一日でも早く奥《おく》さんと娘さんと再会できるように、尽力《じんりょく》しようじゃないか。

心に決めたオレは、クエストを開始する為に協力を申し出た。

「……えっと、もし何か呪いを解く手掛《てが》かりが見つかったら教えますよ」

「ふふふ、気遣《きづか》いに感謝する。……さて神に祈ってみても解呪の効果はないようだから、私はそろそろ次の手掛かりに向かうとしよう」

そう言い残して黒騎士は、横を素通《すどお》りして教会の外に出る。

悩《なや》みを他人に話せたからなのか、その足取りは少しだけ軽くなったように見える。

果たしてフラグ立ては成功したのだろうか。

いつものように通知が来ない事を不安に思いながら、黒騎士の姿が見えなくなるまで棒立ちしていると、

「そーら、捕《つか》まえた！」

「く、クロさん⁉」

「えへへ、こういう遊びは得意なんだよ」

黒騎士の事で完全に油断していたオレは、なんと背後からこっそりと忍《しの》び寄って来ていたクロに気付かず羽交《はが》い締《じ》めにされた。

——ルシフェル、なんでクロの接近を教えなかった！

索敵を任せている相棒に文句を言うけど、彼女は『パーティーメンバーを警戒するよう

には言われてなかったので』と、簡潔に答えた。

くそ、やはり所詮《しょせん》はＡＩ……。敵地で油断してしまった自分にも非はあるので、これ以上の追及は止めてクロの手から抜け出す事に専念する事にした。

ふん、と力を込めて全力で彼女の腕《うで》から抜け出そうとする。そうしたら次にアリアとメイド達が突入《とつにゅう》してきて、今度は手足を完全に拘束《こうそく》された。

ぎゃあああああ、とこの上なく情けない叫び声を上げながら女性達に捕まった自分は城に連行されるのであった。

⑥

星々が輝く夜空の下、魔法《まほう》灯の輝きが城の庭園を明るく照らす。

夕暮れの庭園も中々に美しかったけど、こうしてテラスから見下ろすのも中々に楽しい。

涼《すず》しい風が吹《ふ》く中で庭園の中心にある広場には妖精の音楽隊が集まり、クラシック音楽を演奏している。

複数の楽器の音が合わさる事で生み出される大きな音は、こうして耳を澄《す》まして聞いていると今の落ち着かない心を和《やわ》らげていく。

現実逃避《とうひ》をしている最中であるオレの服装は、今はいつもの冒険者の装備ではなく露出が少ない黒のパーティードレスだった。

色んなドレスを手にしたメイド達を相手に「派手なのは嫌だ誰《だれ》にも見つからない地味なのが良い」と懇願《こんがん》した結果、落ち着いたシンプルなデザインに決まったのである。

それでも心が男子である自分は、ズボンではなくスカートを履《は》くという行為《こうい》にすごく抵《てい》抗《こう》感があるし、ずっと落ち着かない気持ちだった。

こういう時に今まで男子であった主人公が、ノリノリでＴＳした己《おのれ》の身体で女性のおしゃれを行う事ができる事をスゴイと心の底から尊敬する。

自分も興味が全くないわけではないけど、なんだかそれをしてしまうと心まで女子になってしまいそうな気がして恐《おそ》ろしいからだ。

大きな窓ガラスに映るのは銀髪碧眼《ぎんぱつへきがん》の美少女の姿。

スタイルは良く黒いドレスが良く似合い、ポーズを決めたら絶対に映《は》えるだろう。

「ほんと、このアバターには良く似合ってるよ……」

皮肉を込めた言葉と共に、小さな唇《くちびる》からは溜息《ためいき》がこぼれる。

でもせっかく綺麗なドレスを着たのだ。ここはいっそのこと思い切ってモデルみたいなポーズをやってみるか？

自身の姿を前にして考えたオレは、知識の中にある雑誌で師匠《ししょう》がしていたポーズを決めようとして、——ふと冷静になり止める事にした。

なに血迷ってるんだと、頭を左右に振って手すりに背中を預ける。

ドレスを着た上に黒歴史を増やすなんて、それは最早《もはや》ただのバカである。

くそったれが。女の姿になったのもドレスを着て憂鬱《ゆううつ》な気分になっているのも、これも全ては呪いを与えた魔王《まおう》シャイターンが悪いのだ。

悪態を胸中で吐《は》きながら、復讐《ふくしゅう》する事を誓って拳を強く握《にぎ》り締《し》める。

そこで先程から右手に握っている黄緑色に輝く〈ニンフェインゴット〉を見ると、つい先程あったインゴット配布会の出来事を思い返し、更に強く歯ぎしりした。

（ぐぎぎぎぎ……、クソ！　あいつ等も、今思い出しても腹立つ……っ！）

城のパーティーには、イベントランキング上位のプレイヤーが招待された。

するとそこには、妹のシオを含《ふく》めロウやシンの姿まであったのだ。

当然三人にこの姿を見られてしまったわけで、シオからは何とも言えない目で見られて親友達にいたっては、——思いっきり吹きだし腹を抱《かか》えて笑われた。

余りにもムカついたので、その場で全力のボディブローをかましてやった。その際にシンは綺麗に吹っ飛び、ロウはギリギリ防御《ぼうぎょ》をしてすっ転んだ。

周囲の目がある場で怒《いか》りが爆発《ばくはつ》した事は、反省しているけど後悔《こうかい》は全くしていない。というか二人が弄《いじ》って、自分に吹っ飛ばされるのはいつもの事である。

寛大《かんだい》な城の王であるオベロンはこの騒《さわ》ぎを許してくれて、それから授賞式という名の配布会は滞《とどこお》りなく無事に終了《しゅうりょう》した。

お目当てのアイテムを入手したシオ達は、後に良いクエストがないか妖精族の人達に片《かた》っ端《ぱし》から話しかける総当たり作戦をしていた。

「ほんと、楽しんでるよな。……そういえば、罪過数が増えなかったのはどうしてだ？」

インゴットを月の光で照らしながら、ふと疑問に思う。

この世界では〈決闘〉以外でプレイヤーを傷つけたら罪過数がカウントされる。

それを覚悟《かくご》して二人を殴《なぐ》ったのだが、右上にあるＨＰとＭＰの下に存在する『ＳＩＮ』と表記された罪の数値はゼロから変動しなかった。

まさかとは思うけど、相手が承知している場合は罪としてカウントされないのか。

クロと一緒に組むようになって、何度か彼女から拳やら肘《ひじ》打ち等の制裁を受けている。だけど見ている限りでは、罪過数が増えているような様子はない。

そこのところ、どうなってるんだルシフェル？

サポートシステムのルシフェルに心の中で質問したら、彼女は簡潔に『決闘以外に関しましては、神が罪と判断しなかった場合には加算されません』と回答をしてくれた。

要するに悪いかどうかは、神様の匙加減《さじかげん》という事。

相変わらず謎な仕様が多いこのゲームに疑問を抱《いだ》きながら、手にしていたインゴットをストレージに収納して庭園の景色を眺めていると、

「──あ、ソラ！　こんな所にいた！」

「授賞式が終わったら、すぐにいなくなるからビックリしました！」

不意に声を掛《か》けられて、身体が反射的にビクッとなる。

恐る恐るといった感じで振り返った先には、先程まで一緒だった夜空に浮かぶ月が霞《かす》むほどの美しいお嬢様が二人並んで立っていた。

クロは肩が露出した白いパーティードレスを身に着けている。

黒い髪《かみ》との全体的なコントラストが実に美しく、まるで一国のお姫様のようだった。

彼女の隣にいるのは、本物のお姫様であるアリアだ。

ベージュ色のドレスを着こなし、見た目と佇《たたず》まいを総合した感想を言うのなら流石《さすが》はお姫様という感じであった。

月明かりの下に立つ二人の美少女を目の当《ま》たりにしたオレは、綺麗という素朴《そぼく》な感想しか抱くことができなくて、その場で思考がフリーズする。

ああ、まったく。何度見ても彼女達は心臓に悪い……。

恋心《こいごころ》というものが欠落していると友人達から言われる自分でも、着飾《きかざ》った可愛い女の子をみたら胸がドキドキするし、心が乱れて落ち着きが無くなってしまう。

ましてや誰が見ても美少女と断言できる二人のドレス姿を前に、恋愛《れんあい》最弱者である自分がまともに喋れなくなるのは当然だ。

二人を直視《ちょくし》できなくなり、背を向けて視線を庭園の方に逃《に》がす。

彼女達は自然と、いつものように左右に分かれて並び立った。

「わー、ここ良い眺めだね！」

「クロ様、わたくしのお気に入りの場所です。お二人に案内しようと思っていたのですが、まさか先に足を運んでいるなんて流石はソラ様ですね」

「いや、オレは人気のない場所を〈感知〉スキルで探してきただけだから、そんな褒《ほ》められるほどじゃ……っ」

すっと右側から身を寄せてくるアリアと肩が触《ふ》れて、先程から緊張《きんちょう》して過敏《かびん》になっていた身体が大きく飛び跳《は》ねそうになった。

普段《ふだん》は初期の冒険者の服にロングコートを羽織っているが、今は防御力《ぼうぎょりょく》なんて皆無《かいむ》な一枚の薄いドレスしか身に着けていない。

この世界は環境《かんきょう》気温と違って、人体の体温とか感触《かんしょく》は忠実に再現されている。

だから肌と肌が直に触れる生々しい感覚とほんのり温かい体温に、キュッと胸が締め付けられるような息苦しさを感じた。

「うふふ、ソラ様って本当に面白い反応をしますよね」

「ちょ、からかうのは止めてほしいんだけど……」

「むう……」

ちょうど反対側にいたクロは、自分とアリアの様子を見て対抗心《たいこうしん》を燃やしたのだろう。

薄着《うすぎ》なのに、大胆《だいたん》にも左腕《ひだりうで》を胸に抱いて張り合ってきた。

クロさん……⁉

目を大きく見開いたら、それにアリアも競《きそ》うように抱きついて来る。

自分が女性アバターだからなのか、相変わらず二人とも距離《きょり》感がバグっている。

こんな事は思春期の男子高校生にして良い行動ではない。

左右から美少女に挟《はさ》まれる、いつもの両手に花の構図。逃げたくても腕をしっかりホールドされているので、簡単に抜け出す事は困難な状態であった。

全力で振り払う事は可能だけど、それをしてしまう事で彼女達の心を傷つけてしまいそうな気がして少しだけ気後《きおく》れしてしまう。

ドッドッドと、左右から伝わる心臓の大きな鼓動《こどう》。

そこに自分の心音が合わさる事で、まるで音の調和がとれた三重奏となる。

あああああああああああああもう、オレの心臓が持たないわ！

このままでは心拍数《しんぱくすう》が上がり過ぎて危険値に達し、リアルの方でＶＲヘッドギアの安全装置が作動して強制ログアウトをさせられてしまう。

ここで我慢《がまん》の限界に至った自分は、思い切ってクロとアリアの抱擁《ほうよう》を振り払った。

「「────っ!?」」

拒絶《きょぜつ》されたと思ったのだろう。びっくりした様子の彼女達から二歩分だけ離《はな》れたオレは、すかさず自由になった両手で二人の片手を強く握った。

さてどうする、ここから先は何をするか全く考えていない。

動転しながらも、必死に頭をフル回転させる。

その末に考え付いた一つの答えを、呆然《ぼうぜん》とする二人に向かって告げた。

「せ、せっかくのパーティーなんだから、今から三人で一緒に踊《おど》ろう！」

自分で自分に対し、なにバカな事を言っているんだと真っ青になった。

三人で踊ろうとかどう考えても無理がある。柄《がら》ではない事を口にしてしまい、今さらながら恥《は》ずかしくなってバルコニーから逃げ出したくなった。

突然の提案をされた二人は、キョトンとした顔で自分の顔をジッと見つめる。

一体なんて返して来るのかドキドキして待っていると、彼女達は可笑《おか》しそうに笑った後に繋いでいない方の手を繋いで一つの輪となった。

「うん、三人で踊ろう！」

「これでは回る事しかできませんが、それも良いですね」

クラシックの演奏が流れる中、お遊戯《ゆうぎ》のように時計回りでクルクルと回った。

普通《ふつう》ならヒロインと一対一で社交ダンスをするのが、こういう場でのお約束的な展開なのだろう。でも自分は、昔から踊るのは大の苦手だ。

三人でゆっくりと、ただひたすらに相手の顔を見て回るという、はたから見ると風情《ふぜい》も情緒《じょうちょ》もない子供のようなダンスを延々と繰《く》り返す。

正直に言ってメチャクチャだった。でも三人で輪になっているから、アリアがドジをしてすっ転びそうになってもクロと二人で支える事ができた。

「あ、ありがとうございます……」

顔を真っ赤にして感謝するお姫様は見ていてとても微笑《ほほえ》ましく、先程《さきほど》までもやもやしていた自分の心は気が付けば和《なご》やかな気持ちに満たされていた。

それから気分が乗ったクロが「ラララ～」と、歌詞を伴《ともな》わずに歌う歌唱法で清流のような音を口ずさみ。

アリアも興じて歌うと、二人の声が重なって見事な二重奏となる。

そこでただ一人だけ黙々《もくもく》と回っていたオレに、歌う二人の視線が集まった。

参加してほしそうな眼をする彼女達に、自分はとても嫌な顔をする。

ゲームと名の付く物はジャンルを問わずクリアをしてきたが、その中で唯一《ゆいいつ》苦手なものがある。——それは破滅的《はめつてき》といわれる程《ほど》に、聞く者達の耳を破壊《はかい》して来た歌だった。

リズムを取るのは得意なのだが、何故か歌うと全く上手《うま》くいかない。

この良い雰囲気が、台無しになってしまうと遠慮《えんりょ》するのだが……。

「ソラがどれだけ下手でも、大丈夫《だいじょうぶ》だよ」

「今さらその程度の欠点で、わたくし達は嫌《きら》ったりなどしませんし」

表も裏もなく、自信満々に肯定《こうてい》してくれるクロとアリア。

そこまで言われると、流石にこれ以上は拒《こば》むことが難しくなる。

「こ、後悔するなよ！」

悩んだ末に仕方なく、つたない歌声で恥ずかしがりながらも参加する。

……自信のない歌は、やはり二人とかみ合わなくて少しだけ浮いていた。

だけどクロとアリアのクリアな歌声に重なると、それに引っ張られてなんだか自分のも上手いように聞こえる魔法のような現象が生じる。

歌が一つに纏《まと》まると相乗効果で、この上なく綺麗な音色がこの場を支配する一種の高揚《こうよう》感を得ることができた。

観客は一人もおらず、バルコニーを舞台《ぶたい》にした正に自分達だけのステージ。

歌うのは恥ずかしいけど、いつまでもこんな平和が続くと良いのに。

純粋《じゅんすい》な願いを小さな胸に抱き、手に少しだけ力が入る。妖精達《ようせいたち》の演奏が終わるまで、繋《つな》いだ手を離さずにずっと三人だけの舞台を楽しんだ。

⑦

賑《にぎ》やかだったパーティーは、全てつつがなく終わった。

招かれた冒険者達《ぼうけんしゃ》は、警備の騎士《きし》達に案内されて街の方に帰っていく。

何人か隠れて城内に残れるか大胆なチャレンジをしていたらしく、一部の冒険者だけは二人掛かりで拘束される形で連行されていた。

資格を持たない彼等は城に入る際に、消去不可のマーキングが自動で施《ほどこ》される。

だから刻限が来ても指定の場所に来なかったら、騎士達が捕獲《ほかく》しに動くようになっている。

これは不法に侵入《しんにゅう》する者を防ぐために、代々王族に伝わる秘術だと教わった事があった。

消すには王か騎士団長の、許しを得なければいけない。

故に城門のところには、騎士団長ギオルが待機している。

隠れて評価を下げた冒険者達には、厳重注意の後に一定期間クエストを受ける際に制限が設けられる。

庭園を見渡《みわた》していると演奏をしていた妖精達〈ティターニア音楽隊〉が、各々《おのおの》楽器を片付けて撤収《てっしゅう》の準備を進めている様子を確認《かくにん》する事ができた。

この国で祭りがある時は必ず出演する彼等。その音はいつ聞いても心が揺《ゆ》さぶられ、楽しくて心地《ここち》よくて——そして長い幸せな余韻《よいん》に浸《ひた》る事ができる。

また三人で聞きたいな、とアリアは思いながら今度は城の方に顔を向ける。

城の方ではメイド達が用意していた豪華《ごうか》絢爛《けんらん》な料理を片付け、掃除《そうじ》道具を手に慌《あわ》ただしく清掃をしている。

主賓《しゅひん》である自分達はバルコニーに設置されているベンチに腰《こし》を下ろして、今は回り疲《つか》れた身体を休めていた。

中央には疲れ果てた様子のソラが座《すわ》り、左にはずっとニコニコしているクロが寄り添《そ》うように座っている。

アリアはその反対側に腰掛《か》けて、愛《いと》しい銀髪少女に身体を預けると彼は苦笑《くしょう》しながら何も言わずに受け入れてくれた。

夜空を見上げたら、そこには満天の星が輝いている。

飽《あ》きることのない景色は、なんだかいつもより綺麗《きれい》に見えた。それはきっと二人といる事が、アハズヤ姉様と一緒にいるのと同じくらいに楽しいからだろう。

背もたれに身体を預けるソラは、全身の力を抜《ぬ》いて歌い慣れていないからなのか少々枯《か》れたような声で力なく呟《つぶや》いた。

「流石に、回りながら歌うのは疲れた……控《ひか》えめに言って死ぬ……」

「ラララーって、歌とリズムに合わせて回ってたから楽しかったね」

「クロは元気だなぁ、おじいさんはもうフラフラじゃぞ……」

「……その言い方、なんだか遊園地で遊んでる時のパパみたいだね」

くすくすと楽しそうに笑うクロは、先程のメロディーを口ずさみソラの肩に頭を乗せる。

銀髪の少女と黒髪《くろかみ》の少女、並ぶ二人の姿は実にお似合いだと思いながらアリアも先程のひと時を思い出して今の気持ちを言葉にした。

「わたくしも、お二人との歌とダンスがとても楽しかったです」

「また機会があったら、今日と同じように踊ろうね」

「その時は、オレは二人を見てる観客側になろうかな……歌はやっぱり苦手だからさ」

「だめ、ちゃんとソラも参加させるからね」

「鬼《おに》かッ！」

不参加を表明する銀髪少女を、相方はムッとした顔で叱《しか》る。

その光景が可笑しくて、アリアは危《あや》うく噴《ふ》き出しそうになった。

でも自身は大切な仲間の二人に、次もこうやって楽しもうとは言えなかった。

何故《なぜ》ならば、次なんて機会が訪《おとず》れることはきっとないから。

小さな吐息《といき》を一つして、三人で輪になって踊った余韻を大切に胸の内にしまいながら、アリアは無数の星々が輝《かがや》く夜空を見上げる。すると大砲《たいほう》を撃《う》った時に生じる大きな『ドンッ』という音が連続して国中に響《ひび》き渡《わた》った。

上空には『赤』『青』『緑』『黄』『紫《むらさき》』『白』の六色が、まるで黒いキャンバスの中で花のように何度も大きく咲《さ》き乱れる。

一言で例えるならば、まるで夜空に咲いた花畑のような景色。

〈ティターニア国〉の花火を初めて見た二人は目の当たりにした絶景に言葉を失い、数分くらい堪能《たんのう》した後に感想を口にした。

「……すごい、こんな花火見たことないよ」

「VRMMOの花火は、普通じゃ出せない色を使えるから面白いよな」

「あの花火は溶岩《ようがん》地帯にある〈サラマンドラ国〉で生産された火薬を用いていると、アハズヤ姉様から聞いた事があります。なんでも鉱山にある大岩には剣《けん》技や魔法が効かない性質があって、唯一通じる爆弾《ばくだん》を使っているらしいですよ」

「へぇ……、そりゃファンタジーではよくある話だな」

天上の言葉を使って納得するソラは、見抜く目で興味深そうに花火を眺《なが》めている。

自分には見えない情報を見る事ができる彼は、よく未来を見通すような目をする。美しい見た目に反して大人びた横顔を覗き見ると、思わずドキッとさせられた。

天使長〈ルシフェル〉の力を宿した冒険者は反転の性質によって女性なら男性に、男性なら女性に性転換《せいてんかん》する。

故にソラの言動には、女性らしさは全くなく男性の勇ましい部分が強く出ている。

すごく強くて頼りになり〈付与魔術師《ふよまじゅつし》〉という戦いに最も向いていない職業で、常に誰よりも最前線に立って道を切り開く英雄。

身を寄せることを許してくれる彼に対して、言葉にすることができない強い思いを抱きながらアリアは小さな溜息を胸中で吐く。

夜空に輝く六色の花火は例えるなら、自分が彼と出会ってからずっと見せてもらっている美しく輝いている景色だ。

また一つ増えた、大切な思い出の一ページ。

アリアは傍《かたわ》らにいる二人の仲間達《たち》と空を見上げながら、言葉にできない感動に胸が一杯《いっぱい》になって自然と目から涙《なみだ》がこぼれ落ちた。

……ああ、いけない。もうこの景色を三人で見る事ができないのかと考えたら、いつも張っていた気がつい緩《ゆる》んでしまった。

こんな姿を見られたら、要《い》らぬ心配をさせてしまう。

相談をしたら、彼の事だから絶対に助けると言ってくれるだろう。

でもこの件を解決するには〈暴食の大災厄《さいやく》〉を打ち倒《たお》す必要がある。

相手は遥《はる》か昔に天使長と四大天使達が精霊《せいれい》と妖精達と共に戦って、倒せないと判断して封印《ふういん》したとされている大怪物《かいぶつ》。

そんなのを倒すなんて、たとえソラが天使化したとしても無理だ。

今までの冒険で沢山《たくさん》助けられてきた。

ジェネラルとの戦いが終わった後に彼は気絶したのに、これ以上の負担は掛けたくない。

慌てたアリアは、真横にいるソラに気付かれないように両手で涙を拭《ぬぐ》い取る。そして自身を両手で強く抱き、溢《あふ》れた悲しみに耐えるようにギュッと目をつぶった。

二人には沢山の思い出を貰《もら》った。

これがあれば何の悔《く》いもなく〈暴食の大災厄〉を封印する使命を果たす事ができる……。

何度も大丈夫だと言い聞かせながら、乱れた心を静めようと深呼吸をくり返し行う。

幸いにも小さい時から、悲しみに耐《た》えるのは慣れている。

ベッドの枕《まくら》を濡《ぬ》らした夜は数えきれない程で、その時のことを思えば辛《つら》い感情を胸の奥にしまい込《こ》むなんて簡単なことであった。

少しずつ緩んでしまった心の守りを固め直していく。

すると乱れていた心の荒波《あらなみ》は、徐々《じょじょ》に平穏《へいおん》な水面へと戻《もど》っていく。

それから数十秒ほどで、アリアは涙を止めることに成功した。

もう大丈夫だと、一安心して顔を上げる。

するとそこで、——間近で彼と目が合ってしまった。

「アリア、どうかしたのか？」

「……っ」

いつもと少し違う雰囲気《ふんいき》から、何かを敏感《びんかん》に察知したらしい。

心の底から心配するように、ソラが優《やさ》しく声を掛けてくる。

たったその一言だけで再び限界に達してしまった。今まで誰にも破られた事がないのに、自分の堅牢《けんろう》な心の壁《かべ》にあっさり亀裂《きれつ》が入り一気に崩壊《ほうかい》する。

せっかく先ほど、厳重に胸の奥にしまい込んだのに。

悲しい気持ちが溢れ出し、ぽろぽろと両目から涙がこぼれ落ちる。

「あ、アリア……!?」

「なんでもありません、これはちょっとゴミが入っただけで……っ」

慌てて両目に溜《た》まった涙を拭って否定するけど、彼の真っすぐな心を表すような碧《あお》い瞳で見つめられるとダメだった。

今まで必死にしまい込んできた悲しみが胸の内側から溢れだし、両手で涙をいくら拭っても拭っても止まらなくなってしまった。

「アリア、どうしたの?」

「なんかよく分からないんだけど、急に泣き出しちゃってさ……」

二人はびっくりして、いつもはソラの隣《となり》にいるクロですらその場を離れて自分の隣に移動してくると、背中を左手で優しくさすってくれた。

状況《じょうきょう》は全く分からない、だけど大切な仲間が泣いている。

心優《こころやさ》しい黒の少女は、泣いている理由を無理に聞き出そうとはせずに心配した顔で黙《だま》って傍らに居続けてくれた。

……どうしよう。せっかくの幸せなひと時に気を緩めてしまうなんて。

二人が気遣ってくれる優しい思いを直に感じながら、顔を両手で覆《おお》い隠すアリアは必死に考えた。

こうなってしまった以上、誤魔化《ごまか》したりするのは難しい。

もう巫女《みこ》の使命に関して、真相を打ち明けるしかないのかも知れない。

心優しい二人の事だ、話をしても逃げずに最後まで付き合ってくれるとは思う。

だけど前に読んだ空想を舞台にした物語のように、バッドエンドに突《つ》き進む旅を今までと同じように楽しむ事ができるのか不安になる。

気を使わせてしまう光景が、容易に頭の中に思い浮《う》かんでしまう。

それはとても恐ろしい事であり、アリアは自分が死ぬことよりも嫌《いや》だと思った。

こうなったらいっその事、この場から逃げた方が良いかも知れない。

気持ちが落ち着くまで自室に閉じこもって、それから何事もなかったように二人の前に姿を現して「情緒不安定になってしまった」と答えよう。

そうだ、それで行こう。

張り裂《さ》けそうな胸の痛みに耐えながら、震《ふる》える手でアリアが嗚咽《おえつ》を我慢して勢いよく立ち上がろうとした瞬間《しゅんかん》だった。

「――この子が泣いている理由は、我の口から説明しよう」

三人しかいないバルコニーに、芯《しん》のある精悍《せいかん》な声が響き渡る。

出入り口から姿を現したのは、妖精《ようせい》王オベロンであった。

王である彼は、ソラとクロの視線が集中しても眉《まゆ》一つ動かさない。

ゆっくり三人に歩み寄ると、泣いているアリアの頭を優しく撫《な》でて微笑みかける。

それから彼は黙ってみていた二人に向き直ると、誰かに聞かれていないか周囲を軽く見回した後に話を続けた。

「アリア、もう隠し事をするのは止めようか」

「……………はい、お父様」

長い沈黙《ちんもく》の末に口にしたのは、両国の一部の者しか知らない秘密の関係。

外部にけしてバレないようにしていた情報を耳にしたクロは、驚《おどろ》きの余り目を大きく見開いてオベロンに問いかけた。

「お、お父様って、二人は親子なの⁉」

「その通り、アリアはシルフと我の間に産まれた二つの王族の力を宿した巫女。真の名は――アリア・ティターニア・エアリアルだ」

「ああ、やっぱりそうなのか……」

驚いた様子を見せるクロに対し、ソラは出会った時からある程度は予想ができていた。

故にアリアの真の名を聞いても、冷静に受け止めた。

そして一つの素朴な疑問を抱いた様子の彼は、オベロンに一つ質問をした。

「という事は、シルフ女王とオベロン王は夫婦《ふうふ》って事なんですね。……王族間での結婚《けっこん》なんて、別に隠すような事じゃないと思うんですが、その理由は？」

「精霊族の王家と妖精族の王家の間に産まれた巫女は、闇《やみ》の信仰者《しんこうしゃ》にとって大きな脅威《きょうい》となる。全てはアリアが狂《くる》った奴《やつ》らに、命を狙《ねら》われる可能性を少なくするためだ」

「なるほど。でも何でアリアがオレ達を前にして、こんなにも悲しんでいるんですか。間《ま》違《ちが》いなく理由は、それだけじゃないですよね」

「……キミは聡明《そうめい》だな。そうだとも、アリアが泣いている理由は巫女の力が〈暴食の大災厄〉に対抗《たいこう》する上で必要不可欠だからだ」

「大災厄に対抗するのに巫女の力が必要、……アリアが泣いてる理由……おいちょっと待て、それってまさか……っ⁉」

今のやり取りだけで、聡明なソラは全てを察したようだった。

王族の間に産まれた特別な存在。

巫女が災厄を前にして役割を果たした時に、何が起きるのかは見抜《みぬ》く目を持つ彼にとって容易に想像できるらしい。

この旅の果てに待ち受けている結末を知ったソラは、父親であるオベロンがそれを受け入れている様子に頭の中がカッと熱くなった。

「おい、オマエはそれで納得しているのか!? アリアは実の娘だろうが……っ!!」

これまで誰も見たことがないような怒りをあらわにして立ち上がると、ソラはオベロンを鋭《するど》い眼光で睨《にら》みつける。

――暴食の大眷属《けんぞく》を退けた〈最強の天使〉。

城内でそう呼ばれている彼が放つ威圧《いあつ》感は凄《すさ》まじく、アリアと隣にいるクロは息を呑《の》んで、バルコニーの付近で待機している騎士達を震え上がらせる。

この中で圧を受けながらも、辛《かろ》うじて冷静でいられたのはオベロンと城門から帰還《きかん》して来た騎士団長ギオルの二人だけだった。

緊張感が漂《ただよ》う中で王の後ろで待機するギオルは、額に汗《あせ》を浮かべていざという時に王を守るために、腰から下げている片手用直剣《ちょっけん》に右手を掛ける。

ソラがオベロンを攻撃《こうげき》するなんて天地がひっくり返っても有り得ない事だが、それを警《けい》戒《かい》しないといけなくなるほどに今の彼は恐ろしかった。

一触即発《いっしょくそくはつ》の緊迫《きんぱく》した空気で、誰もが口を閉ざす状況下。ここで喜んだりするのは場違《ばちが》いだとは分かっていても、アリアは心の底から嬉《うれ》しいと思ってしまう。

理由は他でもない、ソラが自分の為《ため》に怒《おこ》ってくれているから。

心の底から本気で思ってくれている。それがひしひしと伝わり、悲しい気持ちで埋《う》め尽《つ》くされていた心がほんの少しだけ救われる。

「ね、ねぇ……いったいどういう事なの……」

「クロ、それは……」

沈黙が支配する場で、最初に口を開いたのは何も分からないクロであった。

状況《じょうきょう》を説明しようと口を開いたソラは、急に言葉に詰《つ》まって閉口してしまう。

彼は恨《うら》めしそうな視線をオベロンに送ると、王は頷《うなず》いてクロに説明をしようとして、

「お父様、至らないわたくしの為にごめんなさい。もう大丈夫、ここからは彼等の仲間であるわたくしの口から、ちゃんと説明をします……」

ほんの少しだけ気持ちを持ち直したアリアは、涙を拭い去って震える二本の足で踏《ふ》ん張りベンチから立ち上がる。

気丈《きじょう》に振《ふ》る舞《ま》う姿を見たオベロンは、悲痛な顔をして沈黙した。

そんな父親に泣き腫《は》らした顔で微笑みながら、立ち尽くすクロの手を握る。

「クロ様、今まで黙っていてごめんなさい。実はわたくしは巫女の使命として〈暴食の大

災厄〉を封印する大いなる役目があるんです」

「封印する、役目って……」

重々しい雰囲気の中、何かを察した彼女《かのじょ》はどこか緊張した面持《おもも》ちをする。

こんな顔をさせてしまって、本当にごめんなさい。

心の中で謝罪をしながら、アリアはそんな彼女の手を握り数秒間だけ逡巡《しゅんじゅん》した後、内に秘《ひ》めていた逃《のが》れられない宿命を告げる。

「……わたくしは復活した大災厄を封印することで、この命を天に帰す事になります」

「え、でもそれじゃ、なんで戦うために鍵《かぎ》を……」

「鍵を集めて指輪を求めるのは、戦って大災厄を弱らせる必要があるからです」

「そんな……だって、わたし達……」

「ごめんなさい。これがもっとも犠牲《ぎせい》を少なく済ませられる方法なんです」

「それならアリア達は避難《ひなん》して、天命残数《てんめいざんすう》で何度も復活できるわたし達が戦えば……」

「クロ様達は一度死んでしまったら、最後に寝《ね》た宿屋で復活するようになっています。ですから、もしも全員やられてしまった場合、戦場に即《そく》復帰するのは難しいでしょう」

オープンワールドで大昔から存在する攻略法《こうりゃくほう》の一つ、ゾンビアタックをクロは考えたが、その作戦は現実的ではないと否定されてしまう。

「それに結界を通る方法が限られている以上、初期の衣服を手に入れたお仲間達が来ても、太古に天使様達が倒せなかった大災厄を倒せる望みは限りなく薄いと思います」

目を伏《ふ》せたアリアは、震える唇で告げた。

「……残念ですが、次のダンスの機会は訪れることはないんです」

「いや……そんなのいやだよ……っ」

両目から涙をあふれさせたクロは、辛い現実に耐えられなくなりアリアを強く抱きしめて大泣きをする。

つられて涙を流しながら、彼女の背に両手を回して優しく抱きしめ返す。

今まで見たことがないほどに暗い顔をするソラに目を向けたアリアは、娘《むすめ》の涙は見まいと背を向ける父の為にも事情を説明した。

「……ソラ様、お父様を責めないで下さい。〈バアル・ジェネラル〉が大元ではないと発覚した後に、お父様とお母様はわたくしにソラ様達と逃げるようにメッセージを送ってくださいました。今ここにこうして立っているのは、すべてわたくしの意思です」

「アリア、おまえ……おまえはッ！」

怒りをぶつける方向を失ったソラは、険しい顔つきで八つ当たりをするようにバルコニーの転落防止用の手すりに右拳《こぶし》を叩《たた》きつける。

誰もが口を閉ざす重苦しい空気の中、こうして楽しかったパーティーは幕を閉じた。

⑧

ログアウトをした後に、ずっと胸の内に大きなモヤモヤを抱えながら入浴と妹の夕食と食器を片付けるタスクをこなした。

クロも同じような状況だった為に、心配した詩織が大丈夫か声を掛けて来たけど、それに自分は問題ないと返事をして自室に戻った。

簡素な部屋に戻ってきて、一瞬《いっしゅん》だけVRヘッドギアを手にログインをするか考える。

しかしアリアは、今日は一人にしてほしいと言っていた。

彼女の意思を尊重するのならば、今回は大人しくした方が良いかもしれない。

オレは手にしたヘッドギアを専用の台座に戻し、いつも寝転《ねころ》がっているベッドに転がって手足を大の字にグッと伸《の》ばした。

視界の先にあるのは、常夜灯に照らされた真っ白な天井《てんじょう》。

いつも気持ちを整理させるのにベストな何もない景色を眺めながら、今日一日であった色々な出来事の中で一人の少女について言及《げんきゅう》する。

「まったく、あんな悩《なや》みを一人で抱えていたなんて……」

口から出たのは、仲間であるアリアがずっと胸の内側に秘めていた巫女に課せられた宿命に対する溜息《ためいき》だった。

呆《あき》れ、怒り、悲しみ、といった様々な感情が湧《わ》き起こり拳を強く握り締める。

どうして今まで黙っていたのか。

せめて一言だけでも、相談をしてくれたら良かったのに。

呆れながらも、関係が壊《こわ》れることを恐《おそ》れて勇気をもって言い出すことができなかった彼女の感情も理解はできた。

それに敵は天使化をする事で、ようやく倒す事ができた〈バアル・ジェネラル〉を生み出した始祖だ。

後にオベロンから聞かされた逸話《いつわ》だと、天使達が精霊族と妖精族の力を借りてようやく封印した程の怪物らしい。

そんな神話クラスのボスを相手に、仲間や民を大事に思うアリアが自身を犠牲にするという覚悟を抱くのは無理もないと思う。

……でも、理解はしても絶対に承知する事はできない。

「あのおバカ姫《ひめ》が……」

思いを呟いた後、胸の内に抱く一つの結論を口にしようとし、

——そこで部屋の扉《とびら》が、軽くコンコンと二回ほど軽くノックされた。

このタイミングでの来訪者、相手が誰《だれ》なのかは考えるまでもない。

なんとなく来そうな予感がしていたので、扉の向こうを確認しないで開ける。

そこには、ピンクの薄《うす》いパジャマ姿のクロが浮かない表情で立っていた。

弱った彼女は、上目遣《うわめづか》いにこちらを見上げてきた。

「あの……今日は、一緒《いっしょ》に寝ても良いかな？」

「うん、わかった。中に入りなよ」

あっさり許可を出して部屋の中に入れる。彼女が中に入るのは初めてじゃないが、思えば初回以降は一度も来ていない気がする。

基本的にクロは我《わ》が家《や》の白猫《しろねこ》こと、シロと一緒に両親の部屋を使っているので部屋に来る機会というのがないから当たり前なのだが。

男子の部屋だというのに警戒心《けいかいしん》もなく招かれて部屋の中に入ったクロは、何も言わずにベッドの上にゴロンと転がる。

無防備だなぁ、と半分呆れながらも床《ゆか》で寝るために自分用の敷布団《しきぶとん》を取り出そうとしたら、いつの間にか上半身だけ起こしたクロに服の裾《すそ》を引っ張られた。

「その……落ち着かないから、一緒のベッドで寝てほしい……かも……」

「むむ……仕方ない、師匠《ししょう》には内緒《ないしょ》にしてくれよ」

布団《ふとん》を取り出すのを止めて、オレは彼女が空けたスペースに身体を横たえる。

お願いをしてきたクロは、背中を見せる形で壁側の方にギリギリまで寄って寝ている。

ベッドはセミダブルなので、そんなに端《はし》に寄らなくても大丈夫なのだが、もしかしたら気を使ってくれているのかも知れない。

なんとなく頭を軽く撫でてみたら、クロはビクッと身体を震わせる。

でも反応はそれだけだ。こちらを振り返らずに、彼女は壁の方を見続けている。

お姫様《ひめさま》が死ぬことを打ち明けて以降、心に深刻なダメージを受けた彼女はログアウトしてからずっとこんな感じだ。

クロはアリアにゲーム内のキャラではなく、現実に生きる友人のように接している。

そんな状態で死ぬ未来が待っているなんて言われたら、誰だってショックを受けるのは当たり前だろう。

あんなに楽しい時間を過ごして来たのだ。長年色々なVRゲームをプレイしてきて、それなりに耐性《たいせい》がある自分ですら心にダメージを受けている。

ひんやりするマットの感触が気持ち良いと思いながら、再び天井を見上げてぼんやりりす

る時間に戻ると、

「……ソラ」

「ん？」

背中を向けている少女に呼び掛《か》けられて、反射的に短い返事をする。

横目で隣を確認してみるが彼女は背中を向けたままなので、どんな表情をしているのかここから確認することはできない。

急《せ》かすのは良くないので次の言葉をジッと待っていたら、クロは泣いているのか震える声で呟いた。

「ゲームなのは分かっているけど、こんなに辛くなるなんて思わなかった。せっかく仲良くなったのに、アリアが死ぬなんていやだよ……」

「……クロはあの世界の人達を同じ生きている人間だと思っているタイプだから、特にアリアには思い入れが強いだろうし、辛くなるのは当たり前だな」

「ソラは、どう思っているの……？」

「オレも平気じゃないよ。たしかに色々なVRゲームをプレイして、アリア以上にえげつない状況になったお姫様達は沢山見てきた。それこそ最初に仲間になった子を、あと一歩で救えない事だってあった。……後で絶対に避《さ》けられないイベントだって知っても、オレは自分に力が足りなかった事を悔やんで、ただひたすらに技を磨《みが》く日々に没頭《ぼっとう》したよ」

いつだって胸の奥底《おくそこ》に渦巻《うずま》いているのは、全てを守ることができる力。

それが足りなくて、膝《ひざ》をつくことは何度もあった。

きっと〈スカイ・ハイファンタジー〉を引退した後に、憑りつかれたように世界で指折りの猛者達《もさたち》しかクリアした事がないクソゲーをプレイしていたのは、そこら辺が大きく関《かん》与《よ》しているのかも知れない。

「だからオレは――アリアの事を絶対にあきらめない。もてる全ての力でアイツを死なんて、ふざけた運命《シナリオ》から救ってみせる」

「ソラ……」

天に誓《ちか》うように覚悟《かくご》を宿した言葉に、隣にいる少女からは喜びに満ちた声がもれる。

「オレはアリアを救う、それでクロは今後このクエストをどうする？」

「わたしは……」

逆に問いかけられた少女は、言葉に詰まってしまう。

最悪の場合として、今進行している〈四聖の指輪物語〉からリタイアする事も考慮《こうりょ》して、オレは彼女の返答を待つ。

常夜灯の薄暗《うすぐら》い明かりの中で、耳に聞こえるのは壁に掛けている時計が時間を刻む音と自身の心音の二つだけ。

そんな静かな空間で掛け布団《ぶとん》が動く音がすると、誰かがシーツの上で身体を滑《すべ》り動かすような動作音が真横から耳に届いて来る。

振り向いた先には考えるまでもなく、黒のメッシュと白金髪《しろがねかみ》の少女が間近にいた。

彼女は覚悟を決めた目で、オレを正面から見つめ、

「わたしは逃《に》げないよ、だってソラの相棒でアリアの友達だもん」

「おう、それでこそ妹弟子《でし》だ！」

笑《え》みを浮かべて、左拳を天に向かって突き上げる。

それを見てクロは、右拳を突き上げて軽くぶつけた。

——さあ、二人とも覚悟は決まった。

後は落ち込んでいたお姫様を救うために、チートなアバターの力をフルに使用して〈暴食の大災厄〉を倒そうじゃないか。

最初の目的は、二人との旅を楽しむだけのものだった。

後に〈アストラル・オンライン〉がリアルに及《およ》ぼす問題によって、ゲームのプレイが義務化する事態に見舞《みま》われたが、そんな事は二の次だ。

大切な友人であるアリアを死の運命から助ける。

実にわかりやすくて、とてもやりがいのある目的。

ついでに世界も救われるのだから、一石二鳥ともいえる。

腕《うで》をおろしたら、それから泣きつかれたのかクロは先に眠《ねむ》りについた。

安心したその寝顔《ねがお》を、しばらく眺めた後にオレも眠る事にする。

さてさて、明日はやる事が多いぞ。

まぶたを閉じて、眠る為に集中する姿勢に入る。

——翌日に目を覚ましたら抱き締められて寝ている事にビックリし、ベッドから滑り落ちてケツを強打する事になるとは、この時は思いもしていなかった。

第四章◆信仰者の奇襲

「二人の元気が戻ったのは良い事なんだけど、どうしてお兄ちゃんはベッドから落ちたの？」

「いや、ちょっとびっくりしちゃいまして……」

朝食のこんがり焼いた食パンにかじりつきながら、妹からの質問に曖昧《あいまい》な返事をした。

隣でサラダの入った器を手に、もくもくと無言で食べている清楚《せいそ》系の衣服を身に纏うクロは顔がトマトの様に真っ赤だった。

それもムリはないと思う。なんせ目を覚ましたら彼女はシロを求めて隣にいるオレを捕《つか》まえて、胸に強く抱き締めていたのだから。

目を覚ましたクロと目が合うと、昨日一緒に寝たことを忘れていた自分は驚きの余り手を振り解《ほど》き、勢い余ってベッドから落ちてしまった。

足元でエサを咀嚼《そしゃく》している猫《ねこ》のシロが、昨日の夜は平和だったと幸せそうな顔をしているのは恐らく気のせいではないだろう。

「それにしても汚染《おせん》ゲージが三十パーセントになるなんて。最初は少しずつ増えていく感じだったのに、これはちょっと怖《こわ》いわね……」

深く聞くのを止めた詩織《しおり》は、そう言ってテレビに映っている〈アストラル・オンライン〉専用の番組——アスオンニュースと呼ばれているものに目を向ける。

液晶《えきしょう》の中では黒いスーツを纏う白髪《しらが》の少女が、マイクを片手に今日のゲーム内のお得情報とか小規模のイベントの告知とかをしている。

他に画面の右下には〈汚染〉ゲージが表示されており、真っ黒な汚染が全体の三割にまで到達《とうたつ》しているのが確認できた。

恐らくアハズヤの言っていた、大災厄が復活する時期が早まっている事と汚染速度が加速したのは関係があるのだろう。

他に得られる情報は追加で増えた精霊の木伐採《ばっさい》を今も続けている騎士達《きこり》の働きとか、神のエルが何かしたらしく世界中の経済が右肩上《みぎかた》がりになっている事とか、彼女の指示に従って世界中に〈守護機関〉の施設《しせつ》が建設されているとかそういう内容ばかりだった。

「なるほど、ゲームバカのオレには規模がでかすぎてよく分からん」

「お兄ちゃんに、そんな難しいこと分かるわけないでしょ」

実にその通りだと思っていたら、画面が次のコーナーに切り替《か》わった。

次に取り上げられたのは、主にSNSでの〈アストラル・オンライン〉の攻略《こうりゃく》に関するコメントである。

ピックアップされているのは、冒険者《ぼうけんしゃ》を応援《おうえん》する声ばかり。

いずれも神様が選んだのだから間違いはない、という実に盲目的《もうもくてき》な内容だった。

まさかと思って実際に手元にあるスマートフォンで確認をしてみたら、ネガティブなものは一つもなく、むしろ神様に選ばれた者達の事を羨《うらや》ましがるのを見かけた。

どんだけあの自称《じしよう》神様、世界中の信仰《しんこう》を集めてるんだよ……。

恐怖心《きようふしん》を抱きながらSNSを見ていると、他には精霊の木による被害《ひがい》現場を背景に応援する者達の姿があり、どれも中々に悲惨《ひさん》な状態になっていた。

そんな中でも公園の遊具が精霊の木でメチャクチャになっているのを背景に、子供達が応援する姿は流石《さすが》にグッと来るものがある。

「一刻も早く何とかしないといけないいんだけど、移動が基本徒歩だからなぁ……」

「〈召喚士《しようかん》〉ならサモンウルフに乗って移動できるみたいだけど、今のレベルじゃ一体しか召喚できないから今のところ便利な移動方法は馬車しかないわね」

「その件なんだけど、今は〈バアルソルジャー〉のエンカウント率が上がってるから、馬車は気軽に使えないらしいぞ……」

「ふーん、それなら仕方ないわね。千里の道も一歩からって言葉があるでしょ。馬車が使えないなら、自分の足で着実に一歩ずつ進むしかないんじゃない？」

詩織の言う通り、無いものねだりをしていても仕方がない。手にしていた食パンを完食し、残っていたジャガイモのポタージュスープを一気に飲み干す。

ごちそうさまでした、と朝食を作ってくれた妹とクロに感謝を込めて言った後に、空になった食器を重ねて立ち上がった。

「よし、二人の手料理で気合も入ったし、がんばってお姫様も世界も救ってみせるよ」

「ちょ……朝っぱらから、そんな恥《は》ずかしくなること言わないでよ……」

「もう、本当にすぐカッコつけるんだから。……黎乃《くろの》ちゃん、アレはいつもの事だから全部にドキドキしてたらキリがないわよ」

赤くなって頬《ほお》を両手で押《お》さえるクロに、半分呆れた顔をした詩織が助言をする。

……今のセリフ、そんなにカッコつけた内容だったか？

良く分からなくて、ただ首を傾《かし》げることしかできない。

二人はそんな自分の顔を見た後に、可愛《かわい》らしく笑って両手を合わせた。

食事を終えた彼女達《かのじょたち》は、食器を手に席から立ち上がり一緒に洗い物をする為に台所に並び立つ。洗うのはオレの役目で拭《ふ》くのはクロ、片付けるのは詩織となった。

三人でテキパキと仕事をこなし、食器はあっという間に元あった棚《たな》に収納される。

これで朝のタスクは終了《しゅうりょう》。

シロのトイレ掃除《そうじ》と飲水の点検を済ませ、いよいよ〈アストラル・オンライン〉にログインする為に二人と別れ二階の自室に向かった。

「さーて、先《ま》ずは絶望しているお姫様を笑顔《えがお》にする所からだ！」

①

ログインした先は、先日ログアウトに使用した豪奢《ごうしゃ》な天蓋《てんがい》付きのベッドだった。

オレは四《よ》つん這《ば》いで、自宅の二倍以上はあるベッドから脱出《だっしゅつ》をする。

高そうな絨毯《じゅうたん》に両足を着き、いつもの冒険者の服と友人達から貰った衣服にドラグコートを纏《まと》い、最後にグローブの感触を確かめながら白銀の剣を召喚する。

左腰《こし》に〈シルヴァ・ブレイド〉を装着したら、ふと視線をクロに向ける。

隣には別室をあてがわれた少女が、ネグリジェから鎧《よろい》ドレスに衣服を変更《へんこう》していた。黄金比といえるスタイルに、ドキッとなり慌《あわ》てて顔を背《そむ》けた。

自分の姿は見慣れたものだが、やはりクロの姿は何度見ても慣れる気がしない。

オレの姿が男だったら事案ものだな、と思いながら大きく息を吐《は》く。

そのまま部屋を出ようとしたら、何やら部屋の外が騒《さわ》がしい事に気が付いた。

「メイドさん達の会話……？」

一体どうしたのかと思って扉の前で耳を澄《す》ましたら「久しぶりの闘技場《とうぎじょう》ね！」「あのお方の戦いが見られるなんて久しぶりよ！」と何やら意味深な雑談が聞こえる。

闘技場と言うことは、今から誰かと戦う展開が待っているのか。

今日はオベロンと鍵について話をする予定である。そこから今の発言を合わせて推測できる展開と言ったら、もはや一つしかなかった。

そういう展開か、と思いながら部屋を出る前に最後の作業を行う事にした。

「……さて、保留しているジョブポイントは『32』これを振る先を考えるか」

ポイント『25』を中級スキルに振れば、上級に進化させる事ができる。

全プレイヤーで未《いま》だ誰一人として到達した事のない上位の領域、それを獲得《かくとく》したら確実に今後の戦いで間違いなく大きな助けとなるだろう。

しかし、オレの考えは違う。

数多《あまた》の付与《ふよ》スキルと睨めっこをした末に、ポイントを『20』使用して基本強化スキルの中で一つだけ中級にしていない――〈シュプルング〉を進化させることにした。

なんで安定の攻撃《ストレングス》、防御《プロテクト》、速度《アクセラレータ》の三種を上級にせずに跳躍《シュプルング》を選んだのか。

これを友人達がみていたら、確実に疑問に思われただろう。

理由を簡単に説明すると、〈シュプルング〉はジャンプ力だけでなく脚力《きゃくりょく》も強化される。

そして脚力が強化される事によって、斬撃の威力《いりょく》が上昇《じょうしょう》するのだ。

どうして脚力の強化が、斬撃の強化に繋《つな》がるのか。

例えば剣道《けんどう》には、『一眼二足三胆《たん》四力』という言葉がある。

一番大事なのは相手を見る目、その次に足さばき、第三に胆力《たんりょく》、第四に力。

すなわち技を発揮するには、身体能力が大事という教え。

剣《けん》を振るのに第二の足さばき、踏み込みは必要不可欠。

大昔のゲームと違ってVRゲームは、そういう細かい部分がマスクデータで反映されている。だから腕の振りを意識しているだけでは、真の斬撃を放つ事はできない。

故に〈シュプルング〉が進化した中級スキル〈ハイシュプルング〉は確実に、今後の戦いにおいて大きな助けになるだろう——と自分は考えている。

『マスター、それなら何で今まで強化を保留にしていたのですか？』

思考を読んだサポートシステムであるルシフェルの疑問に、オレは苦笑《くしょう》した。

〈本当はレベル40まで、ポイントを確保しておきたかったんだよ。……でもさっきの話だ

と戦闘《せんとう》が発生しそうだから、予《あらかじ》め考えていた優先度一位のスキルを選ぶ事にしたんだ）

『なるほど、そういう考えがあったのですね』

納得《なっとく》したルシフェルは、再び与《あた》えられた周囲の監視役《かんしやく》に戻る。

準備を終えたオレは、いつでも出られると言わんばかりの顔をする相棒を見た。

「よし、オベロンのいる王の間に向かおう」

「うん！」

ドアノブに手を掛け、決意を胸に扉を勢いよく開く。

すると目の前に、いつものフル装備状態の騎士《きし》団長ギオルが立っていた。

先ほどからずっと〈感知〉スキルでそこにいるのは分かっていたので、びっくりする事はなかった。礼儀《れいぎ》正《ただ》しく朝の挨拶《あいさつ》をしたら、彼はそれを返しながらこう言った。

「王と姫が闘技場で待っている。下に馬車を用意しているので、すまないが同行を頼《たの》む」

有無《うむ》を言う間もなく背を向けて、ギオルは廊下《ろうか》を歩きだす。

果たして付いて行った先には、何が待っているのか。

オレ達《たち》は顔を見合わせると、彼の大きな背中を追いかけた。

②

妖精国〈ティターニア〉には、自由に〈決闘《デュエル》〉ができる広場が各地にある。

その中でも〈イースト・メインストリート〉には大会用の巨大《きょだい》なドーム状の施設がある事で有名だと、向かう途中《とちゅう》にクロから教えてもらった。

到着《とうちゃく》すると馬車から降りて、警備兵が配置されている二か所ある出入口の一つから中に入る。トンネルのような長い通路を通り抜《ぬ》けた先には、広い円状の舞台《ぶたい》が待っていた。

わあああああ、と大勢の人々の歓声《かんせい》が降り注ぎ脳を揺《ゆ》さぶる。

目を焼くような強い光を受けて、オレは反射的に片手で影《かげ》を作ってガードをした。

施設の天井に屋根はなく、周囲には階段状になっている観客席が確認《かくにん》できる。

一言で例えるならば、まるでローマのコロセウムみたいな作りをしていた。

光と共に熱狂的《ねっきょうてき》な歓声の中、パッと見まわしたところ席は満員のようだった。

妖精《ようせい》達だけではなく前列の特等席には、昨日〈オーベロン城〉のパーティーで見かけた冒険者《ぼうけんしゃ》達の姿を見かけた。

そんな客席の中から、大きく手を振るロウとシンの姿を発見する。

恐らくはランキング上位の彼等は、パーティーの時と同じように招待をされたのだろう。

小さく手を上げて応えながら、背を向けて円状の舞台に向かう。

隣《となり》に並んで歩くクロが、ぎゅっと手を握《にぎ》ってくる。

その理由は舞台の上にあった。

ドームに入った際に遠くから既《すで》に見えていたが、中心地には護衛を複数配置した王のオベロンとアリアの姿がある。

昨晩は泣いていたのか、彼女の綺麗《きれい》な金色の目は少し赤くなっている。

いつもなら自分の姿を確認すると満面の笑みを見せてくれるのに、今のアリアは父親の側から動かない。目をそらし、どこか気まずそうな顔をしていた。

(まったく、あのお姫様はなんて顔をしてるんだよ……)

まさかアレくらいで、彼女に対する態度が変わると思っているのだろうか？

確かに初めて聞かされた昨日はそれなりにショックを受けたし、娘の悲しい選択《せんたく》を受け入れている様子だったオベロンには心底腹が立った。

でもそれだけで、アリアを大切な仲間だと思う気持ちは絶対に変わらない。

オレとクロは真剣《しんけん》な眼差《まなざ》しで親子と対峙《たいじ》する。

彼女の運命から絶対に引くことはしない。決意をした姿勢でいると正面にいるお姫様は、驚いた様子で小さな疑問を小さな口からこぼした。

「なんで……」

——昨日あんなにもつらい顔をしていたのに、なんでそんな顔ができるんですか。

口に出さずとも、そんなことを言いたそうな雰囲気《ふんいき》を出しているアリアに対し口を開こうとしたら、オベロンが前に一歩だけ出た。

絶妙《ぜつみょう》なタイミングに、言葉を発する前に止まってしまう。

場所が闘技場だからなのか、何が起きても対応できるように彼は武装していた。

流石は王様と言った感じで鎧と武器の総合的なレアリティはSランクと、並みのプレイヤーでは手も足も出せそうにないハイスペック。

それだけの装備があって、娘は絶対に死なせないと言わない彼には大いに文句を言ってやりたいが、何か話すみたいなので今は我慢《がまん》をしておく。

大きな咳払《せきばら》いを一つしたオベロンは、重々しく口を開いた。

「お二方、此処《ここ》までご足労をおかけして申し訳ない。先日は信頼《しんらい》する冒険者に〈鍵〉の回収を頼んでいたのだが、それも無事に完了《かんりょう》した」

……そんな事が、パーティーをしている裏で行われていたのか。

信頼する冒険者とは一体何者なのか興味が湧《わ》くけど、今回は素性《すじょう》の知れない他のプレイヤーの事を気にしている場合ではないので深く考えるのは止めておく。

注目される中で右手を上げて、オベロンがストレージから取り出して見せたのは既に三つ集めたのと同じ形状をした『琥珀色《こはくいろ》に輝《かがや》く鍵』だった。

偽物《にせもの》ではない事は〈洞察《どうさつ》〉スキルによって見抜く事ができる。

この旅の目的であった最後のアイテムを前に、オレは拳を強く握り締めた。

アレを手に入れたら、長かったこの旅も終わりに近づく。それは同時にアリアの運命を左右する〈暴食の大災厄《さいやく》〉との決戦が迫《せま》っている事も意味する。

全員の注目が集まる中、鍵を手にした彼は天高く掲《かか》げて見せ、

「この鍵をソラ殿達《どのたち》に託《たく》すには、一つだけ条件がある！　それはお二方の内どちらかが、我が国の最強騎士であるギオルを相手に一、、、撃決着の決闘で勝利すること！　敗北した際には、三日後に再戦とする！」

「「「オオオオオオオオオオオオオオオオオオオオオオッ!!」」」

ドッと会場全体が大きく震動《しんどう》する程《ほど》の歓声。

高らかに告げた王の言葉に、観客のボルテージは一気に最高潮まで上がった。

一方この世界で、初めて聞いた決闘内容に自分は首を傾げた。

「……クロさん、一撃決着ってなんだ？」

「文字通り一撃を相手に入れた方が勝利する決闘だよ。防御されると勝利判定にはならないから、高度な読み合いで相手を崩《くず》すのが必須《ひっす》になる」

「なるほど、分かりやすい説明をありがとう」

百戦もの決闘を経験しているクロからルールを聞いたオレは、小声で礼を口にしながら挑戦者《ちょうせんしゃ》の選出を待っているオベロンに向き直った。

「負けたら三日間後に再挑戦《ちょうせん》できるのは優《やさ》しいけど、タイムリミットがあるからな。……というわけでオレが挑戦するけど、クロもそれで良いかな？」

「じゃんけんで決めよう……って言いたかったけど、見たところかなりギリギリの戦いになりそうだから、今回はソラに譲《ゆず》るよ……」

渋々《しぶしぶ》といった感じで、クロは挑《いど》む権利を譲って後ろに一歩下がる。

彼女も十分に強いけど、今回ばかりは敗北ペナルティがあるから仕方ない。

万が一でも負けてしまった時のタイムロスは、できれば避けたいところ。

こちらの代表が決まるとオベロンは頷き、隣で待機しているギオルに命令した。

「騎士団長、相手は偉大《いだい》なる天使長の力を宿し〈バアル・ジェネラル〉を打ち倒《たお》した英雄だ。けして油断はするな」

「承知しました、オベロン王」

「それでは決闘の邪魔《じゃま》になるので、我々は此処を下りて特等席に座そう」

王が指をパチンと鳴らしたら、先程《さきほど》まで何もなかったリングの付近にベンチと日よけ用の屋根付きの大きな特等席が下から出現する。

一体どんなギミックだよ、とツッコミを入れたくなったが此処はファンタジーの舞台、どんな事があっても不思議ではない。

オベロンが背を向けて歩き出すと、アリアとクロもそれに付いて行く。

舞台上に残ったのは自分とギオルだけ、ここは対戦相手に集中するべきなのだろうが視線は自然とオベロンの背を追いかける二人に向いてしまう。

いつもの様にクロが横に並ぼうとしたら、昨日の一件を意識しているのか普段《ふだん》は率先《そっせん》して肩《かた》を並べて歩くお姫様が距離《きょり》を取ろうとする。

やっぱりダメなのか……。

胸が締め付けられるような悲しい光景に苦々しい顔をしたら、

──離《はな》れようとする彼女にクロは、少々強引《ごういん》に手を掴《つか》み取った。

一人には絶対にさせない。そんな強い意思を込《こ》めた少女の大胆《だいたん》な行動に、アリアは泣きそうな顔をして繋がれた手を弱々しく握り返す。

(よし!　相棒、グッジョブだ!)

この上なく良い仕事をしてくれた。ハラハラしながらも事の成り行きを見守っていたオレは、尊い二人の姿に闘志《とうし》を燃やしてギオルと相対する。

クロは何があっても仲間である事を、アリアに伝えてくれた。

ならば次に自分がやらなければいけないのは、オベロンに力を示すこと。

余所見《よそみ》をしていたのに、対戦相手であるギオルは何も言わなかった。

お互《たが》いに無言で距離を取った後、〈決闘〉の申請《しんせい》を出してもらい承諾《しょうだく》する。

それから左腰に下げている片手用直剣《ちょっけん》、〈シルヴァ・ブレイド〉の柄《つか》を握って刃《やいば》を一気に抜き放った。

対する全身鎧装備の騎士は、腰に下げている剣を抜いて正眼に構える。

一番無難で対応力のある構え、その姿に隙《すき》などは全く見当たらない。

相手のレベルは『50』に対し、プレイヤーの中で間違《まちが》いなくトップの自分は『38』、その差は実に『12』もある上に装備の差も桁違《けたちが》いである。

普通《ふつう》のプレイヤーならば、ムリゲーと断じてヘッドギアをぶん投げるだろうが……。

「クロとアリアの前で、カッコ悪い姿は見せられないな」

「それはこちらのセリフだ。信頼して頂いている王と姫の前で負ける姿は見せられん」

「気が合うな、でも悪いがここは勝たせてもらうぞ」

「〈バアル・ジェネラル〉を打ち倒した〈付与魔術師《ふよまじゅつし》〉よ、その挑戦受けて立つ！」

お互いの放つ闘気が、広いリングの上で正面からぶつかる。

ギオルも凄《すさ》まじい圧を持っているけど、ＶＲ対戦ゲームの覇者《はしゃ》である師匠に比べたらそこまで大した脅威《きょうい》には感じなかった。

さぁ、ここからアリアを救う第一歩を始めようじゃないか！

不敵な笑みを浮《う》かべたオレは、刃を下段に構えて前傾《ぜんけい》姿勢を取る。

張り詰《つ》めた空気の中で、特等席に着いたオベロンが右手を上げると、

「ではこれより、一撃決着の〈決闘〉を開始する！」

戦いを開始する合図と同時に、オレは四種の基本系付与スキルを解放し『白銀』の輝きを纏って前に強く飛び出した。

③

ふと脳裏《のうり》によみがえるは、封印《ふういん》の地に残ったアハズヤとの約束。

──アリア姫の事をよろしくお願いします。

彼女《かのじょ》と強く握手《あくしゅ》を交《か》わした自分は、今になって彼女がアリアの事を託す言葉の中に込めた本当の意味を理解する。

間違いなくアハズヤも、義妹《ぎまい》が背負っている重い運命を知っていたのだ。

だから旅をしている際に、アリアを見る彼女の目に時折悲しみの色が宿っていたのだ。

それをオレは、別れるのが寂《さび》しいのかと勘違《かんちが》いをしていた。

まったく、どいつもこいつも何で助けて下さいって簡単な事が言えないんだ。

正直に言って、ムカつくし気に入らない。

五体の大天使達ですら倒せなかった大災厄は、天上から召喚された一介《いっかい》の冒険者では倒せないと思っているからなのか？

色々と考えてみるが、正直に言って彼《かれ》等の事情なんてどうでも良い。

今回の件で一番許せないのは、あんなにも彼女の側にいたのに何一つ気づいてやることができなかった——自分自身である。

自責の念に苛《さいな》まれながらも、正面から迫る片手用直剣の一撃を見据《みす》える。

団長クラスの攻撃《こうげき》は、剣速と鋭《するど》さ共に高いレベルだった。

並のプレイヤーならば突貫《とつかん》した時点で真っ二つにされる。そう確信するだけの威力が込められているのを、肌《はだ》で感じる事ができる。

故に振《ふ》り下ろされた刃を前に、冷静に斬撃の軌道《きどう》を見切る事に専念した。

師匠との戦いで体得した『見切りの眼』。極限まで集中することで、まるでスローモーションのようにギオルの攻撃を見極《みきわ》める事ができる。

ここだと判断し、下段から全力で振り上げた一撃で側面から打ち払《はら》った。

「な、支援職《しえんしょく》が私の一撃をこうも軽々と一体どんなステータスを……!?」

「おい、オレを相手に油断するとすぐに終わるぞ?」

手にしていた剣が横に軌道をずらされた事で、今度は彼に大きな隙が生じる。

その絶好の機会を逃《のが》すまいと、前に大きく踏《ふ》み込んだ。

互いに至近距離で、剣を振るには余りにも近すぎる。故に左拳《こぶし》を強く握り締めた自分は、地面に亀裂《きれつ》が入る程の踏み込みと同時に突《つ》き出した。

「ナックルだと……!?」

拳による攻撃を選択した事に、ギオルは驚《おどろ》きの声を上げる。

近接スキルのない〈付与魔術師〉である事を知っている彼は、脅威にはなり得ないと判断してカウンターを決めるために剣を振ろうとする。

だがそこで、左拳が纏う無色のスキルエフェクトを見て目を剥《む》いた。

何かが来る、それに気が付き即座《そくざ》に反撃《はんげき》するのを中止する。

素早《すばや》く防御に切り替えたギオルは、オレの拳をとっさに左腕《うで》で防御した。

ドゴンッ、とまるで大砲《たいほう》のような轟音《ごうおん》が響《ひび》き渡《わた》る。身長百八十の長身は、まるで至近距離で爆発《ばくはつ》を受けたように後方に向かって勢いよく吹《ふ》っ飛んだ。

「ぐ……うおおおおおおおおおおおおおおおおおおおおおおおっ‼」

何度か転倒《てんとう》しそうになりながらも、そこは流石にレベル50の騎士団長。

巧《たく》みに姿勢を制御《せいぎょ》して、何とか片膝《かたひざ》を突くくらいで済む。

……あのタイミングで防ぐとは、流石は騎士団のトップ。

勝利したと思っていた一撃が通らなかった事に、軽く頬を膨《ふく》らませながらも〈シルヴァ・ブレイド〉を正眼に構える。

よろけながらも立ち上がった彼は、ただ事ではない様子でこちらを凝視《ぎょうし》していた。

「がは……な、何なんだ……この尋常《じんじょう》ならざる威力は⁉　まさか〈付与魔術師〉はフェイクで、真の職業は〈格闘家《かくとうか》〉なのか？」

「普通に付与スキルで強化して、全力で殴《なぐ》っただけだ。他に特別な事は何もしていないさ」

「ウソを言うな！　これはどう考えても我が騎士団トップの〈格闘家〉すら凌駕《りょうが》している！世界の恩恵《おんけい》を受けていない〈付与魔術師〉が素手《すで》で放って良い一撃ではないぞ‼」

「ウソじゃないんだけどな……」

狼狽《ろうばい》するギオルに、オレは左の指先で頬を軽くかいた。

どうやら『200』まで強化した筋力値にグローブのアシスト効果と〈ハイシュプルング〉が組み合わさった事で、必殺クラスまで威力が上がったらしい？

いやでも普通に考えて、それだけであそこまで吹っ飛ぶだろうか。

今になって気付いたが、基本四種の付与スキルを施《ほどこ》した影響《えいきょう》なのか自分の身体からは四色の粒子《りゅうし》ではなく、うっすらと『白銀』の粒子が出ている。

もしかしたら、これが威力に何らかの上方補正を掛けた可能性が考えられる。

一応〈ルシフェル〉に聞いてみると、

『この現象に関しましては回答不能です』

「マジか、サポートシステムが答えられない事なのか……」

それならば仕方がない、とアッサリ思考を切り替える。

今は取りあえず進化した基本四種を自分に付与すると、なにやら強いバフ効果を得られるという事だけは頭の中に入れておいた。

一方でギオルは支援職である〈付与魔術師〉のオレが、どうやって拳でスキル攻撃をしたのか気になって仕方がないという顔をしている。

だけど今は戦いの最中なので、わざわざ敵に説明してやる必要はない。

返答を得られなかったギオルは肩をすくめると、二割ほど減少したＨＰが一撃決着の死亡制限によって一気に全回復する。

気を取り直した彼は、先程以上に警戒《けいかい》した様子で此方《こちら》を見据えた。

あの様子では、先程のように上手《うま》くはいかないだろう。

初手は様子見だったので意表を突くことができたが、次からは確実に拳の間合まで踏み込ませてはもらえない。

まさに本当の戦いは、此処からと言ったところ。

クロとアリアも、緊迫《きんぱく》した戦場の雰囲気に見入っている様子。

この戦いを上から見守る観客達も、固唾《かたず》を呑んで次の展開を待っている。

誰《だれ》もが口を閉ざして、自分達に注目している事が〈感知〉スキルで全て把握《はあく》できる。

強敵と対峙しながらも、〈ルシフェル〉が教えてくれる周囲の状況《じょうきょう》に微笑《びしょう》を浮かべ。

そろそろ頃合《ころあ》いかな、と昨日から考えていた事を実行に移す決意をする。

こういう大舞台《おおぶたい》でする事になるとは思わなかったが、大事なのはオベロンとアリアに覚悟を伝えることなので、周りの有無については些細《ささい》なことである。

白銀の剣を構えながら、大きく息を吸った。そして、

「――この場にいる、全ての者に宣言するッ！」

会場全体に聞こえる程の大声量で、全ての視線を自分に集めた。

決闘の最中に一体何だと観客達はざわめきたつ。先ほどまで熱い声援《せいえん》が飛び交っていた会場は、オレが投じた一石によって異様な雰囲気に一変した。

意図してこの場を作り出した相手に、ギオルは警戒しながらも静観する。

オベロンは立ち上がって、何を成すつもりなのか見極めんとする。

クロは信じて真《ま》っ直《す》ぐな目で注視し、その隣にいるアリアは緊張《きんちょう》した面持《おもも》ちでこれから行うことを見守ってくれている。

脳裏に浮かぶは、先日の涙《なみだ》を流すアリアの姿。

彼女は全てを守るために、自身を犠《ぎ》牲《せい》に捧《ささ》げると告白した。

それも逃げてほしいと、他でもない両親からお願いをされた上で。

自己犠牲の精神は立派なものだが、ここで自分はハッキリ言おう。

〈大災厄〉は誰にも倒せない、だから犠牲を少なくする為《ため》に死ぬ。

その全てにオレは、NOと大きな声で否定してやる。

故に大観衆の中で、心に決めた思いを声高らかに叫《さけ》んだ。

「この試練を突破《とっぱ》し、四つの鍵《かぎ》を集めた後にオレは！　精霊《せいれい》の森最奥《さいおう》に眠る天使の力を解放して、〈暴食の大災厄〉を完全にこの世界から消し去ることを誓う！」

この突然《とつぜん》の宣言に、観客席からは大きなざわめきが生じた。

『おい、今あいつなんて言った……』

『支援《しえん》しかできない〈付与魔術師〉が、大災厄を倒すだって？』

『大昔に天使様達と両国の大戦力ですらできなかったのに、できるわけないだろ⁉』

妖精族《ようせい》は困惑《こんわく》しながらも、否定的な言葉を口にする。その理由はやはり、遥《はる》か昔に天使長と四大天使ですら倒せずに封印したのが起因となっていた。

絶対に倒す事ができない存在だと、先祖代々から教えられてきたらしい妖精達からは大災厄を倒すなんて絶対に無理だというヤジが飛んでくる。

せっかくの決闘の場で、ゴミ職業がなんて大ぼらを吹くんだと非難される。

沢山《たくさん》のブーイングを浴びせられる中、冒険者達はこの異様な空気を黙《だま》って静観する。

恐《おそ》らくは下手に口を出すことで、場が更《さら》に荒《あ》れる事を避《さ》けたのだろう。

ブーイングは自分の古傷を刺激《しげき》するけど、今は外野の事はどうでも良いと思いを奮い立たせ乗り越《こ》えてみせる。

視線をギオルから一瞬《いっしゅん》だけ外し、もっとも聞いてほしいお姫様《ひめさま》を見る。

この会場内で真の意味を知る父と娘《むすめ》は、目を大きく見開き驚いている様子だった。

特にアリアは、自分が口にした言葉に大粒《おおつぶ》の涙を流していた。

「ソラ様……、わたくしは、信じてよろしいのですか……」

「アリア、ソラだけじゃないよ。わたしも戦うから！」

「クロ、さま……っ」

抱《だ》き締《し》め合う少女達、オベロンはその様子を黙って見ていた。

ギオルを警戒しながらも少女達を横目で眺《なが》めていると、不意に目の前にいる彼は吹き出すように大笑いをした。

「フ、ハハハハハハハハハハ！　これは驚いたな、まさかこの場でそのような妄言《もうげん》を口にするとは、考えもしていなかったぞ！」

会場内の罵声《ばせい》をかき消す程の声量で笑いながら、彼は右手に持つ〈ティターニア・ソード〉を肩に担《かつ》ぐように構えオレを睨《にら》みつける。

その瞳に嘲笑《ちょうしょう》の色は、まったく見られなかった。

鋭い眼光を双眸《そうぼう》に宿す彼は、刃から灰色の光を放ちながら告げる。

「……〈暴食の大災厄〉を打ち倒す。ならばそれだけの実力を持っているか、この最上の剣技を受け切って証明してみせろ！」

解き放たれた殺気に、全身にぞわっと鳥肌《とりはだ》が立つ。

彼が発動したスキルエフェクトによって灰色に輝く刃は、これまで見て来た中で――かの大型ボス〈バアル・ジェネラル〉の攻撃に迫る威力を宿していた。

盾《たて》持ちの騎士《きし》達ですら、防御スキルを多重に掛《か》けて対応していた攻撃。

この防御力に乏《とぼ》しいアバターで、アレを受けたら敗北するのは必至である。

ギオルが放つ凄まじい威圧感《いあつ》は、この闘技場全域を支配する程に膨れ上がる。

それまでヤジを飛ばしていた全ての妖精達は口を閉ざし、招かれた冒険者達も今から放たれる初見の大技に見入ってしまう。

誰もが固唾を呑んで見守る中で、全てを見抜《みぬ》く〈洞察〉スキルは彼が発動させようとしている剣技の名を教えてくれた。

片手用直剣の最上位六連撃スキル――〈ヘキサグラム・ランページ〉。

アンデッド系やゴースト系に、特効ダメージを与えることができる最上位の剣技。

スキルエフェクトは剣だけじゃなく、彼の全身にまで広がった。

「では行くぞ、〈白銀の付与魔術師〉ッ！」

前に飛び出したギオルは、全身鎧装備で敏捷《びんしょう》に大幅《おおはば》にマイナス補正が掛かっているはずなのに、恐るべき速度で距離を詰めてくる。

その速度はまるで、突進《とっしん》スキルを使用したようだった。

とっさに横に跳《と》んでみるが、地面を蹴《け》った彼は勢いもそのままに追跡し目の前の空間すら切り裂《さ》かんと、手にした剣を勢いよく上段から振り下ろす。

灰色の斬撃が迫るのを見たオレは、ここで回避《かいひ》は無理だと判断した。

受け流しで、しのぎ切れるか。

いや、あの圧から察するに下手な受け流しは押し切られる可能性がある。

回避も受け流しも難しい、ならばこの状況下で残された道は〝パリィ〟しかない。

でも六連続もの大技を全て防ぐ、果たしてそんな達人級の所業が可能なのか。

刹那《せつな》の間に、思考は極限まで高速回転する。

その問答の末に導き出した答えは、

（——否、できるできないじゃない。この程度の窮地《きゅうち》を乗り越えられなくて、大災厄からアリアを救えるわけないだろ！）

全神経を集中させろ、今まで培《つちか》った全ての技術を以《もっ》て成《な》し遂《と》げるんだ。

これまで数多の地獄《じごく》と評されしゲーム達をプレイしてきた。

目に見えない速度の攻撃を何千何万回以上もこの身に受けて来たオレは、脊髄《せきずい》反射で防御スキル〈ソードガード〉を発動させて剣を振るった。

——一、二、三、四ッ！

六芒星《ろくぼうせい》を描《えが》くように放たれる攻撃を、寸分たがわず真芯《ましん》を捉《とら》えてパリィを決めていく。

少しでもずれたら、その時点で力負けして攻撃を受けてしまう。

途轍《とてつ》もないプレッシャーの中、五連撃目の横薙《よこな》ぎ払《ばら》いを下段からの切り上げで弾《はじ》き飛ばすと、後方に吹っ飛んだギオルは着地と同時に地面を蹴り、最後に高速回転して、下段から左逆袈裟《けさ》切りを放ってきた。

左下から右上に振り上げられるは、この戦いを終わりにする灰色の一撃。

瞬《まばた》きをせずに、神速に等しい一撃を辛《かろ》うじて見切ったオレは、

「………ここだ、見えたぞ！」

タイミングを計り、軌道に合わせて手にした白銀の剣を上段から一気に振り下ろす。

下段から迫る刃、それを撃《う》ち落とさんと振り下ろされる刃。

天と地から放たれた二つの一撃は、正面からぶつかり凄まじい衝撃波《しょうげきは》を発生させた。

回転で威力が増したからなのか、白銀の剣が僅《わず》かに押される。

流石に上級スキルを相手に、防御スキルで防ぎ切るのは難しいのか。

だけど、ここで負けられるかよ……っ！

アリアのことを思い、歯を強く食いしばり剣を握り締める。

オオオッ、と互いに雄叫《おたけ》びを上げながら相手を打ち負かさんと刃を交え続けた末に。

クロとアリアの声援が耳に届き、今まで押され気味だった白銀の刃が徐々《じょじょ》に押し返しはじめ、——遂《つい》には灰色の刃を押し返す事に成功する。

スキルエフェクトが消失した翡翠《ひすい》の剣は、衝撃によって手から離れ地面に落ちた。

現在の〈アストラル・オンライン〉最強といえる六連続の斬撃。

それを使用した事によってギオルは、代償《だいしょう》として硬直《こうちょく》時間を課せられる。

六つの刃を一度も受けることなく全て防御したオレは鋭く息を吸い、選択したのは手持ちの中で最も強い刺突《しとつ》技〈ストライク・ソード〉。

鮮烈《せんれつ》な青いスキルエフェクトが発生し、全力の踏み込みから生じた力を、捻《ひね》りを加えることで余すことなく横に構えた刃に伝える。

コンマ数秒で全ての準備を終えると、そのまま鎧の中心部を狙《ねら》い解き放った。

轟音と共に、青く輝いた刃が根元まで突き刺《さ》さると、

「がは……、そんなバカな……」

「それは天上では、負ける奴《やつ》の典型的なセリフなんだよ」

苦笑と共に貫《つらぬ》いた刃を引き抜いたら、彼はそのまま地面にくずおれた。

ギオルのＨＰは、フルの状態から一気にレッドゾーンに。

残りミリの状態で停止したら、自分の前には勝利を告げる『ＷＩＮ』が表示された。

決闘のルールで全回復を始める彼を見下ろしながら、パリィで精神力をかなり消耗《しょうもう》してしまったオレは、その場に片膝をついた。

これで決着がついた、結果は文句なしで自分の勝利。

今回はガルドの時と違って、怒《いか》りに身を任せて雑に刺突技を使ったわけではないので剣

の耐久値の減少も微々たるものである。

ただこの結末は妖精達にとって予想外だったのか、周囲から歓声などが上がる事はなく全員口を閉ざし会場内はシーンと静まり返っていた。

だがそんな些細な事はどうでも良いと、自分は膝に力を込めて立ち上がる。

精神力を極限まで酷使《こくし》したせいで、足はふらふらしている。

そんな不格好な状態でも、笑《え》みと共にどや顔をしてみせた。

「ハァハァ、やった……やったぞ、アリアっ！」

荒《あら》い呼吸をしながら拳を突き上げて、離れた場所にいる翡翠のお姫様を見る。

彼女はクロと共に涙を流しながら満面の笑みを浮かべて、心の底から勝利を喜んでくれていた。それだけで大満足だったのだが、

「ナイスファイト！」

「お二方とも素晴《すば》らしい戦いでした！」

聞き覚えのある二人の称賛《しょうさん》する声が、会場内に一滴《てき》の雫を投じる。

最初は小さな波紋だったが、それは他の冒険者達の協力によって一気に大きな波へと変わり、あっという間に会場内を埋《う》め尽《つ》くす大歓声となった。

拍手喝采《はくしゅかっさい》を受ける中、地面に寝転《ねころ》がっているギオルは苦笑した。

「ふふふ……まさか最上位の剣技が、天使の力を使わずに全てパリィされるとは。これほどの実力があれば、みなも少しは納得してくれるだろう」

どうやらオレの言葉に説得力を与えるために、彼は自身が持つ最強のスキルを選択したらしい。

ペナルティ硬直から解放されたギオルは、身体をゆっくり起こした後に地面に転がっていた相棒の〈ティターニア・ソード〉を拾う。

鎧兜《よろいかぶと》を解除した彼は、三十代前半くらいのイケメンダンディな顔立ちを晒《さら》した。

「見事であった〈白銀の付与魔術師〉よ。ノーダメージで私を倒したのだ。その実力を認めこれを授《さず》けたいと思う」

そう言ってギオルがストレージから出したのは、何やら見たことがない手の平サイズの翡翠色の球体──〈妖精の宝玉〉という名のアイテムだった。

詳細《しょうさい》に関しては、何故《なぜ》か〈洞察〉スキルでも見抜くことができない。

一体どうしてなのか首を傾《かし》げていると、頭の中でルシフェルが〈アストラル・オンライン〉の隠《かく》しアイテム〈レガリアシリーズ〉だと教えてくれる。

「これは……?」

「代々騎士団長が管理を任される宝玉だ。〈暴食の大災厄〉に立ち向かう英雄が現れし時、これを授けるようにと叙勲《じょくん》の際に王より頼まれている」

話を全て聞いた後に、宝玉を前にして思わずオベロンの方を見る。

すると喜んでいるアリアとクロを微笑《ほほえ》ましく見守っている王様は、こちらを見て騎士団長の言葉を肯定《こうてい》するかのように深く頷《うなず》いて見せた。

伝説の怪物《かいぶつ》に挑む者に授けられるアイテム、それはどう考えても対怪物用の特効的な効果があると推定する事ができる。

貰えるレアなアイテムは、受け取らなければゲーマー失格だ。

とはいえ今は真面目な場面、欲望全開の笑顔《えがお》を晒して良いような雰囲気ではない。

真剣な表情を崩さないように、プルプルしながらも差し出された宝玉を受け取ろうとした瞬間《しゅんかん》、

——そこで真横に、真っ黒なローブを纏《まと》った仮面の不審者《ふしんしゃ》が出現した。

敵である事を表す赤いネームは、〈ダーク・シューペリアナイト〉と記載《きさい》されている。

レベルは50とギオルと同じで、手にしているのは漆黒《しっこく》の長剣《ちょうけん》。

常時発動している〈洞察〉スキルで読み取れる情報はそれだけ。いきなりそこに瞬間移

動して来たような現れ方に気を取られ、動きが一瞬だけ停止してしまう。

一体どうやって……いや、今はそんな事を考えている場合ではない。

突如《とつじょ》として現れた敵に、長年のゲーマーの直感が危険だと最大警報を鳴らす。

反射的に〈シルヴァ・ブレイド〉を横薙ぎに放ったら、そいつはあっさり避けて突進スキルでギオルに肉薄《にくはく》し、手にしていた長剣を振るった。

すると目の前で真っ赤な、血を表現したダメージエフェクトが発生する。レベル50の騎士団長は避ける事も出来ず、崩れ落ちるように地面に倒れてしまった。

即死《そくし》はしなかったが、どうやら気絶状態に陥《おちい》ったらしい。

倒れたギオルは意識を失って、ピクリとも動かない。

彼の手から離れた宝玉を、空中で掴み取ったシューペリアナイトは男性の声で呟《つぶや》いた。

『騎士団長ギオル、悪いがこれは私の目的のために使わせてもらうぞ』

「おまえは一体……」

いつでも切り掛かれるように警戒しながら問いかけようとしたら、今度は会場内に大きな警報が鳴り響く。

何事なのかとビックリすると次に、〈感知〉スキルの範囲内《はんいない》に多数の敵性反応――〈ダーク・レフュジー〉が、なだれ込んで来るのが知覚できた。

直ぐに反応したプレイヤー達《たち》と妖精《ようせい》騎士達が対応に当たるが、その数は最低でも百以上と驚異的《きょういてき》な数であった。

『単身で敵地のど真ん中に現れるわけないだろ？　イースト側の門を制圧し、貴様にバレないように奴らを二十メートル圏外に待機させていたのさ』

「ちょっと待て、なんでオレの感知範囲《はんい》を知ってるんだ……!?」

『それはヒミツだ』

宝玉をストレージにしまったシューペリアナイトは、代わりに取り出した球状のアイテムを地面に叩《たた》きつける。

するとそこから、視界を埋め尽くす煙幕《えんまく》みたいなものが発生した。

これは煙玉《けむりだま》？　まずい、コイツ逃《に》げる気だ……っ！

敵の意図をすぐに察したオレは、慌《あわ》てて周囲を攻撃するなんてムダな事はしなかった。

冷静になって自身に切れていた四種の強化エンチャントと、更に風属性の〈ハイウィンド〉を追加で付与《ふよ》。これで残りＭＰは『６』だ。

白銀の風を纏うと同時に、手にした剣《けん》で全力の水平二連撃〈デュアルネイル〉を発動。

超高速《ちょうこうそく》の回転切りを二回行う事で、瞬間的《しゅんかんてき》に大きな旋風《せんぷう》が発生した。

周囲の煙幕は、あっという間に吹き飛ばされるが敵の姿は既にそこにはない。

だがここで、逃げられたと焦《あせ》らなかった。

何故《なぜ》ならば先ほど直に〈洞察〉スキルで見たことによって、既に敵が装備していた物の効果を把握する事ができたからだ。

注意深く〈洞察〉スキルでリングを見回した自分は、突進スキル〈ソニック・ソード〉を発動し、強化した脚《あし》で地面を強く蹴った。

一気にトップスピードに到達《とうたつ》したアバターはリングの端《はし》の方まで突進すると、

「ここだぁ！」

そのまま横薙ぎに振るった一撃は何もない空間を切り裂く途中《とちゅう》で、甲高《かんだか》い金属音と共に火花を散らして停止した。

『くそ……やはりそう上手くはいかないか』

看破された事によって敵の隠蔽《いんぺい》率がゼロになり、何もない空間から長剣で斬撃を受け止めた襲撃者《しゅうげきしゃ》が再びその姿を現す。

そうこいつのマント〈カミーリャン・ローブ〉には〈隠蔽〉効果があるのだ。それも注視されていない場合に、完全に姿を消すことができる激レアものである。

「おまえには色々と聞きたいことがあるし、それにそのレアアイテムも超欲しい。悪いが生け捕《ど》りにさせてもらうぞ」

『だが私の相手をしていて良いのか、護衛が一人では王と姫《ひめ》を守るには不十分だぞ？』

確かに敵が言う通り会場に広げている〈感知〉範囲内には、倒れたギオルの側に駆《か》け寄ったクロ達に向かっている強そうな三つの反応を知覚することができる。

でも慌てない、何故ならばここには心強い親友達がいるから。

「あっちは心配いらない。おまえこそ自分の心配をしろよ。なんせレアアイテムを横から奪《うば》われたんだ。今のオレはいつもより怖《こわ》いぞ？」

「………っ」

わけが分からない。シューペリアナイトからそう言いたそうな雰囲気を感じたのは、きっと気のせいではないだろう。

④

クロから見て、闘技場《とうぎじょう》内の混乱は一時的なものだった。

それはトッププレイヤー達が集っていた為に、奇襲《きしゅう》を受けても焦らずに対応して先《ま》ずは戦えない民間人の保護を優先し、次に敵の殲滅《せんめつ》に移行したからだ。

こういう突発的《とっぱってき》なイベントは、ＶＲＭＭＯではわりと良くあると彼女は以前にシグレから聞いた事があった。

だからだろう。慣れているベテラン達は報酬《ほうしゅう》目当てに嬉々《きき》としたモンスターのような顔で、次々に出現する敵を葬《ほうむ》っていく。むしろ敵が可哀《かわい》そうになる有様だ。

そんな心強くも恐ろしい光景を尻目《しりめ》に、ここは安全だと判断したクロはアリアとオベロンと共に凶刃《きょうじん》で倒れたギオルの元に駆けつけた。

「クロ様！　ギオルさんは、大丈夫《だいじょうぶ》ですか⁉」

「うん、大丈夫だよ。一気にＨＰが減りすぎて気絶しただけっぽい」

遠目から無事なのは分かっていたので、ストレージから取り出した二本のポーションの中身を彼に浴びせる。

そうしたら真っ赤だったＨＰは、あっという間に全回復した。

アリアはホッと胸を撫《な》で下ろした後に、今度はストレージから翡翠に輝く弓を取り出して周囲を警戒しながら見回す。

「ど、どうしたら良いですか？　わたくしの〈ディバイン・エアリアル〉なら、あの数を一掃《いっそう》できると思いますが」

「今は善戦しているから、それは止めた方が良いかも。アレは敵をホーミングできるけど、それが下手すると仲間に当たると思う」

「そうですか……」

力になれず、しょんぼりするアリアにクロは苦笑いする。

みんなの力になりたいのは分かるが、今彼女がやらなければいけないのは父親と共に身を守る事である。

自分達と違《ちが》って、この世界の住人は一度死んでしまったらリスポーンする事はできない。

もしも二人のどちらかに、何かがあるなんて最悪な展開は絶対に避けなければ。

愛刀の〈夜桜〉に手を掛けて、いつでも得意としている居合切りの〈瞬断《シュンダン》〉を放てるように警戒するクロは、そこで接近する何かに気付いた。

「殺気を感じる、これは……⁉」

闘技場の戦場を駆け抜《ぬ》ける、三つの圧を感じ取ったクロは視線をそちらに向ける。

すると他のプレイヤーや妖精《ようせい》達には目もくれず、真っすぐ向かって来る黒いローブを纏った三体の敵〈ダーク・トリニティソルジャー〉が、遠目で確認《かくにん》できた。

人相は闇《やみ》の信仰者《しんこうしゃ》の共通装備である仮面で分からない。

身に着けている鎧《よろい》は、機動性を重視して軽金属っぽい感じであった。

手にしているのは、長い柄の先端《せんたん》付近についている大きな刃。それはバトルアックスと呼ばれている、少数のプレイヤーが愛用する大戦斧《せんぷ》。

肌に感じる敵のレベルが三体とも『40』だと感覚で理解したクロは、即座に明後日の方角を警戒しているアリアに向かって指示を出した。

「アリア！　北の観客席側から敵がこっちに向かって来る、弓で狙い撃って！」

「分かりました！」

振り向くと同時に弓を構えて、敵を視認《しにん》したアリアは狙撃《そげき》の姿勢に入る。

だが弓に照準された瞬間、急に敵は左右ランダムにジグザグに動き出して狙撃をさせまいと中々なヘンタイ機動を始めた。

「普通の矢では難しいですが、この弓なら！」

緑色に輝《かがや》くスキルエフェクトと共に、風の矢を装填《そうてん》したアリアは弓スキル〈ライトニング・アロー〉を三連射する。

ホーミング機能を有した風の矢は視認することが困難な速度で飛び、回避行動をする三体の手足にそれぞれ突き刺さった。

HPをしっかり二割ほど削《けず》ったアリアは、やったと喜んだ顔をする。

だが敵は足を止めずに、突進スキルで突っ込《こ》んできた。

「わたしが前にでる、アリアは援護《えんご》を！」

果たしてギオルとアリアを守りながら、レベルが上の三体を同時に相手できるか。

後方ではオベロンが長剣を抜いて、気絶している騎士《きし》団長の首を狙う〈ダーク・レフュジー〉達を相手に、次々に切り捨てて対処してくれている。

助力は求められない。ラインを突破された段階で、後ろにいる三人を危険に晒してしまう事を想像したら少しばかり手が震《ふる》えた。

緊張感の中で脳裏にチラッと、ここにソラがいてくれたらという考えがよぎり、慌てて頭を左右に振って自身の中に生じた甘《あま》えを払う。

「ダメだね、ソラと一緒《いっしょ》に冒険《ぼうけん》をしていたせいかな……」

気を引き締めて目の前の敵に集中して、少女は〈格闘家〉の移動系スキル〈瞬歩《しゅんぽ》〉を発動させて敵の間合に飛び込んだ。

三つのバトルアックスが、真っ二つにせんと振り下ろされる。

ソラならば身のこなしと受け流しで突破しそうな状況、だが武器による防御技《ぼうぎょ》を体得していないクロは、ここで右側の斧に向かう。

選んだのは、カタナによる受けではなく右拳による打撃《だげき》。何度も白銀の剣士《けんし》が見せてくれた技を、少女はこの窮地で完全に模倣《もほう》する。

あと少しで真っ二つになる寸前、発動させた〈格闘家〉のスキル〈龍拳《リユウケン》〉が迫《せま》る大戦斧を横殴《よこなぐ》りに弾き飛ばす——綺麗《きれい》な〈パリィ〉を決めた。

初めての防御技の成功に、内心で大喜びしながらクロは再び漆黒の柄《つか》を握《にぎ》り、

「隙《すき》ありだよ——〈瞬断〉！」

得意の居合切りを放ち、一体の胴体《どうたい》を容赦《ようしゃ》なく切り裂く。

クリティカル判定が出たことによって、三体の内の一体が断末魔《だんまつま》の叫びを上げながら光の粒子に変わった。

だが他の二体は仲間がやられた事には目もくれず、真っすぐにターゲットであるアリアに向かって行く。

でもそれは想定の範囲内、突進スキルを発動したクロは追い掛けて後ろから〈瞬断〉で二体目を切り裂こうと考えたら、

「あ……」

他のプレイヤーが討《う》ち漏《も》らした敵の矢を背中に受けて、前のめりに倒《たお》れてしまった。

ヤバい、まさか矢が飛んでくるなんて想定外だ……っ⁉

HPが三割削れるが、そんなこと今はどうでも良い。

とんでもないタイムロスに、慌ててクロは起き上がった。

だが立ち上がった時には、敵はアリアの風の矢を受けながらも遂には彼女《かのじょ》にバトルアックスが届く間合にまで接近してしまう。

「アリアあああああああああああああっ！」

ぶわっと全身から嫌《いや》な汗《あせ》が噴《ふ》き出す。

友を想《おも》う叫び声を上げながら、突進スキル〈ソニック・ソード〉と〈瞬歩〉で彼我《ひが》の距《きょ》離《り》を一気に縮めようと全力で疾走《しっそう》する。

でも足りない、カタナの間合まで後一歩が届かない。

他の〈ダーク・レフュジー〉達を全て切り倒したオベロンが、驚いて娘を守る為に迎撃《げいげき》をするのではなく、とっさに彼女を抱き締めて隠した。

恐らくは一体に対処することで、もう一体の危険に晒すことを避けたのだろう。

だが振り下ろされる敵の攻撃スキルは、無防備な彼のHPを削り切るだけの圧を感じる。

このままだとバックアタック判定で、オベロンは確実に死んでしまう。

斧の強撃スキル〈ストライク・アックス〉の青いスキルエフェクトを目《ま》の当たりにしたクロは、そこで思わず目を背《そむ》けそうになると、

「——邪悪《じゃあく》な者達の蛮行《ばんこう》を、ボクは絶対に許しません！」

上空から一人の騎士《きし》——ロウが舞《ま》い降《お》りた。

彼《かれ》は二つの盾を構えて〈騎士〉のスキル、敵の注意を引き付ける〈挑発《ちょうはつ》〉とダメージ軽減の〈ファランクス〉を発動させて、バトルアックスを正面から受け止める。

大質量な上に二つの強撃を受けながらも、ロウのＨＰは一割程度しか減少しない。

その手に握るは先日入手したインゴットと、自身が育てたカイトシールドを〈鍛冶《かじ》職人〉の手で合成した、新装備〈ニンフェ・カイトシールド〉。

激しく火花を散らしながらも、少年は一歩も引かずに攻撃《こうげき》を受け止め続ける。

そして双盾《そうじゅん》の騎士は、次に天に向かって叫んだ。

「シン、今です！」

「おうさ任せろ、相棒！」

求めに応じる声と共に、今度は天から風の槍《やり》、〈魔術師《まじゅつし》〉の風魔法《まほう》〈ウィンド・ランス〉が何本も敵に向かって降り注いだ。

しかも正確にコントロールされた槍は、全て寸分たがわずに二体の身体に突き刺さった事で一時的にだが行動不能の状態に陥らせる。

「良し、全弾命中！　クロっち、今が大チャンスだぜ！」

着地した〈魔術師〉こと、シンの声にハッとなる。

クロは直ぐに呆然《ぼうぜん》としていた意識を切り替《か》え、まなじりを吊《つ》り上げた。

絶体絶命の危機の中、ソラの親友達が作ってくれた千載一遇《せんざいいちぐう》のチャンス、

――これを逃《のが》すわけにはいかない！

走りながら胸に燃やすは、アリアを守りたい闘志《とうし》の炎《ほのお》。

手にしている刀を横に構え、自身が持てる中で最上の剣技を選択《せんたく》する。

「カタナスキル──〈四神之断《シジンノタチ》〉ッ！」

発動したのは、カタナカテゴリーの四連撃。

金色の輝きを纏う刃《やいば》を、二体に向かってバツ印を描くように振《ふ》るった。

その姿はまさに剣舞《けんぶ》を披露《ひろう》する舞姫《まいひめ》の如く。

刃を四閃させた後に納刀すると、二体の敵は大量の真っ赤なエフェクトをまき散らす。

光の粒子となって散る敵を最後まで見届けずに、横を駆け抜けて恐る恐る父親から離《はな》れたアリアを思いっきり正面から抱き締める。

温かい体温が、彼女が生きて此処《ここ》にいる事を証明してくれる。

……正直に言って、もうダメかと思った。また失ってしまうのかと思った。

大粒の涙を流すクロに、同じく涙を流すアリアは笑みを浮《う》かべる。

「よかった……間に合って本当に良かったよぉ……」

「クロさま……お二方も、ありがとうございます……」

お礼の言葉に返事はせずに、背を向けた少年二人は次なる戦場を求めて邪魔者《じゃまもの》の〈ダーク・レフュジー〉達に向かって行った。

……冷《ひ》や汗ものだったが、なんとかなって良かった。

まさか二人が足元に〈ウィンド・ストーム〉を発動させて、一気にクロ達のいる場所まで移動するとは思わなかったが、一体誰に似たのかやる事がムチャクチャである。

その後の先行したロウの壁《かべ》役、予《あらかじ》め展開していた風魔法を叩き込むシンの技術力、最後に止めを刺すクロの立ち回り——全て完璧《かんぺき》だ。

親友達は期待通りの役割を果たしてくれた。ならば自分も役割を果たさなければ。

抱き合う少女達の姿を尻目に、正面にいる強敵に刃を振り下ろす。

しかし、シューペリアナイトは長剣を構え、それをあっさり受け止めた。

「どうしてアリアが助かって、一瞬だけ気が緩《ゆる》んだ？」

『………世迷言《よまいごと》を』

吐《は》き捨てるように答え、つばぜり合いに力業で押《お》し返してくる。

先程《さきほど》まで自分と同じように、刃を交えながらも向こう側に意識を分散させていたシューペリアナイトは、漆黒の長剣を構えて真っ直ぐ向かってきた。

突進技の〈ソニック・ソード〉だと見切ったオレは、真向斬りを〈ソードガード〉で受け止める。だが攻撃はそこで止まらない。

緑色に輝くスキルエフェクトを発生させながら、敵は続けて水平二連撃を発動。

アシストブーストで急加速した刃を抑《おさ》えきれず防御を弾き飛ばされると、高速回転からの水平切りが胴体に向かって一閃《いっせん》される。

防御は間に合わない、姿勢は完全に崩《くず》れているので後ろに跳んで回避するのは難しい。

ならば残された活路は、

「やるじゃないか、オマエ！」

膝を折り素早《すばや》くしゃがんで斬撃を回避。刃が頭上ギリギリを通過すると両膝に力を込めて、強く地面を蹴り一気に接近する。

選択する技は、刺突技〈ストライク・ソード〉。

対して敵は防御スキル〈ファランクス〉を発動。全身に光を帯びて左腕《ひだりうで》で刺突技を受けると、HPを一割減少させながらも鎧の滑《なめ》らかな側面を利用して受け流す。

上手《うま》い、と思わず心の中で称賛しながら反撃《はんげき》の上段からの袈裟切りを、とっさに身をひねりながら後ろに大きく跳躍《ちょうやく》することで回避した。

距離は離れて、再び仕切り直す形となる。

敵の職業がまさかの〈騎士〉とは、これは中々に厄介《やっかい》だ。

ダメージを軽減するスキルを使われたら、どんな技も決定打には届かない。

この世界〈アストラル・オンライン〉において、モンスター戦と対人戦のどちらでも安定して活躍《かつやく》できる〈騎士〉は、シンプルな性能であるが故に崩し難《にく》い。

〈洞察《どうさつ》〉スキルで確認した〈ファランクス〉のクールタイムは六百秒。

最低でも後十分間は使用できない計算となるが、その時間を稼《かせ》ぐことは敵がスキルを再使用できる以上に、こちらの方に大きな有利となる。

その大きな理由は〈ダーク・シューペリアナイト〉が引き連れて来た〈ダーク・レフュジー〉達が現在、経験値に飢《う》えたプレイヤー達に続々と撃破《げきは》されているから。

あの勢いならば、たとえ三百や五百の大軍勢が出て来ても止まる事はないだろう（むしろ大喜びで加速する恐れすらある）。

周囲の「まだだ、もっとよこせ！」と喜びながら狩《か》る姿を見ていると、もはやどちらが悪の襲撃者なのか分からなくなってくる。

『ははは、所詮《しょせん》ザコは数を揃《そろ》えてもムダという事か』

仲間であるはずなのだが、シューペリアナイトは侮蔑《ぶべつ》を含《ふく》む嫌味《いやみ》を吐く。

一見部下をないがしろにする悪の親玉という感じに聞こえるけど、その姿を見ていると何故かは分からないけど此処にはいない人物の姿が重なる。

……いや、あの人が敵なんて絶対に有り得ない事だ。

第一にレベルが違う。あの人は『40』くらいで目の前にいる敵は『50』と大きな差がある。別れた後にレベリングをしたとしても、一気に10も上げられるとは考えにくい。

身に着けている仮面に一次的なレベルアップ効果があるのかと見てみるが、当然のことながらアレに、そんな特殊《とくしゅ》な効果は見られない。

何より解《げ》せないのは、仮にあの人だったとして〈暴食の大災厄《さいやく》〉に対抗《たいこう》する事ができるアイテムを、わざわざ横取りする必要がない事である。

やはり別人か……いや、別人であってほしい。

頭の中で否定しながらも、胸中では「もしもこの予想が当たっていたとしたら？」という嫌な予感が渦巻《うずま》いてしまう。

だからだろうか、剣を構えながら敵を前にして再度忠告をしてしまった。

「追い詰《つ》められている事が分かったか？　ならムダな抵抗《ていこう》はしないで、大人しく奪った宝玉と身に付けてるアイテムをオレに渡《わた》して投降するんだ」

『未《いま》だにそんなたわごとを、〈白銀の天使〉はずいぶんとお優《やさ》しいのだな。敵を問答無用で倒すのではなく、降参をするように促《うなが》すとは』

「……別に良いだろう。それで返事はどうなんだ？」

『残念ながら、NOだ！』

リングの外側、万が一リングアウトした者を保護する為《ため》に砂が敷《し》き詰められた地面に、シューペリアナイトは水平二連撃〈デュアルネイル〉を発動させる。

瞬時《しゅんじ》に叩き込まれた二回の斬撃によって、目の前で爆発《ばくはつ》が起きたかのように砂塵《さじん》が巻き上がった。……まさかこの砂に紛《まぎ》れて逃げるつもりか。

ローブの効果で再び〈感知〉の範囲内から反応が消失した敵に、そう判断した自分は先程と同じように旋風で吹《ふ》き飛ばそうと剣を構えたら、

——真横の砂埃《すなぼこり》を切り裂きながら、鋭《するど》い刃が右側面から迫ってきた。

ここで逃げるのではなく、攻撃だと……⁉

完全に不意を突《つ》かれて、反応が僅かに遅れてしまった。

とっさに〈ソードガード〉を発動させて、殺意を込めた刃が身体に届く寸前に左にステップして二秒間ほどの猶予《ゆうよ》を作る。

その間に一《いち》か八《ばち》か、剣の側面を間に割り込ませて防御を試みた。

重たい衝撃を受けて、剣を持つ手がビリビリと震える。

全身の力を乗せた一撃《いちげき》に対し、静止している状態では力に差が生じるのは必然だ。

防御した剣ごと押し込まれ、脇腹《わきばら》に刃が食《く》い込むとダメージが発生する。

ジリジリと視界の右上で減少するＨＰ、一割を切って二割まで減少する。

「ぐ……っ！」

そのまま弾き飛ばされて、地面を滑《すべ》ると一気に砂塵の外まで出た。

追撃《ついげき》を警戒《けいかい》して身構えると、飛び出してきた敵が金色に輝く刃を上段に構える。

アレは──四連撃〈クアッド・ランバス〉。

敵の技を即座《そくざ》に見抜いたオレは、とっさに地面を蹴って回避行動を取る。

コンマ数秒後に、先程までいた場所に斬撃を放ったシューペリアナイトは、更《さら》に地面を蹴って加速した。追いすがり二発目の斬撃を放ってくる。

これにギリギリ反応して〈ソードガード〉を用いた斬撃で受《く》け流す。そのまま視界から消えた敵は、今度は背後から三撃目を繰りだした。

「させるかよ！」

息もつかせぬ連撃、だが位置は〈感知〉スキルで把握《はあく》することができる。

振り向きざまに向かって来る高速の一撃を、オレは剣で受け流した。

最後に再び通り過ぎてからの斬撃が来ると予想をしていると、そこでシューペリアナイトの動きが一瞬《いっしゅん》だけ停止した。

……まさか、と嫌な予感がする。

その予想は見事に的中して敵は発動していたスキルを最後の斬撃を放つ寸前でキャンセルすると、そこから水平二連撃〈デュアルネイル〉に繋《つな》げて来た。

これは完全に想定外の動きだった。

どこか頭の中で、この世界の住人はキャンセル技を使って来ないと思い込んでしまっていた自分は、驚《おどろ》いて動きが一瞬だけ停止してしまう。

この状況《じようきよう》でコンマ数秒でも止まる事は、普《ふ》通《つう》のプレイヤーならば致《ち》命《めい》的《てき》なミスだ。

今さら回避行動なんて間に合わない。たとえガードをしたとしても水平二連撃の一撃目で崩されて、次の二撃目で大ダメージを貰《もら》う流れである。

でもここにいる自分、──上条《かみじよう》蒼空《そら》は生憎《あいにく》と普通ではなかった。

長年の経験でとっさに身体が動き、初撃に刃を合わせて強引《ごういん》に受け流す。

そして最後に、高速回転から放たれる二撃目。

「……っ」

──だが一撃目を無理に受け流したせいで、剣を持った右手は硬直時間を課せられていた。

これでは先程と同じように、敵の攻撃を受け流すことは不可能。

とっさに動いた身体は、迫る斬撃に対して大きく身体を後ろの方に反らす。

斬撃は薄《うす》い胸の上を通過し、左手を地面について片手のブリッジの姿勢になった自分は、勢いを利用して片手だけで綺麗なバック転を決めた。

大ピンチを切り抜けた後、地面に両足を着いて追撃を警戒する。

だが幸運にも敵は、剣を振り抜いた姿勢で固まっていた。

どうやらあの状態で、アクロバティックな回避をした事に驚いているようだった。

直《す》ぐに気を取り直したシューペリアナイトは長剣を構え直した。

『なんと、曲芸でこれを凌《しの》ぐか……』

「いやはや……危なかった、アバターの胸が大きかったらダメージを受けていたな……」

これに関しては胸が小さくて良かったと、心の底から安堵《あんど》してしまう。

一方で敵は決めることが出来なかったのがショックだったのか、仮面で隠した顔を俯《うつむ》かせて何やらぶつぶつ独り言を口にしていた。

『まったく、本当に人生とはままならぬものだ。オマエがここにいなければ、とっくに宝玉を手にこの地から逃げることができたというのに……』

呆《あき》れ、苛立《いらだ》ち、そんな負の感情を露《あら》わにして敵は大きく悪態を吐く。

時間の経過と共に手駒《てごま》として連れて来た〈ダーク・レフュジー〉達は、飢えた冒険者達《ぼうけんしゃ》に手も足も出せずに狩られていく。

オマケに目前にいる敵は繰り出す技を全て切り抜ける始末。

逃げたくても背中を向けたらヤられるので、今は戦う選択肢《せんたくし》しかない。

こうしている間にも、自身が追い詰められている事に焦っているのだろう。

シューペリアナイトが、「やはりアレを使うか」と何やら呟いた直後のことだった。

長年の直感が最大警報を鳴らし、敵の身体から――〝真紅《しんく》の輝き〟が解き放たれた。

「こ、これは……っ⁉」

数秒間だけ、視界が真っ赤に染まる。

それはまるで、小型の太陽が出現したような眩《まぶ》しい光の奔流《ほんりゅう》だった。

危《あや》うく視界が一時的に見えなくなるブラインド状態になりかけて、とっさに目を左腕で隠し守りながら、光の中心に立つシューペリアナイトを警戒する。

奴が放つ威圧《いあつ》感は、今までとは比《ひ》較《かく》にならない程《ほど》に強くなっていた。

肌《はだ》に感じる圧から推測するなら、ステータスは先程よりも更に上昇《じょうしょう》している。

そうなった要因は間違《まちが》いなく、敵が放つ真紅の光にあると推測できた。

ここからが本番なのだとゲーマー魂《だましい》が刺激《しげき》されてワクワクしていると、敵が放つ真紅の光の詳細を〈洞察〉スキルが見抜《みぬ》いた。

『マスター、アレは〈騎士〉の最上級自己強化スキル。一定時間だけ全ステータスを大幅《おおはば》に上昇させる〈オーバードライブ〉です』

「〈騎士〉には、そんな激熱スキルもあるのかよ」

『はい。しかもユニークボスにカテゴライズされる〈オーバードライブ〉は、通常プレイヤーが取得するスキルよりも強力なモノとなっています』

「ははは、マジかよ」

オーバードライブとは、能力以上の負荷《ふか》で酷使する事を意味する単語だったはず。ゲームでは大体、切り札として使用される大技である。それの強化版とかプレイヤー側からしてみたら、フザケルナと悪態を吐きたくなる事態だ。

……なるほど、追い詰められて最後の切り札を使ったわけか。

今の奴《やつ》はまるで、大型のボスを前にしているような感覚である。

ただモンスターと違って厄介な点は、敵がただ力任せに攻撃をしてきたり行動パターンが決められたタイプのMOBではないということ。

これで先程と同じように、技を駆使《くし》して来るのならば対応するのは段違《だんちが》いに難しくなる。

レベルの大きな差を付与スキルと技術で埋めていたが、この状態では圧倒的《あっとうてき》なステータス差によって蹂躙《じゅうりん》される未来が容易に想像できた。

シューペリアナイトも、此処が正念場だと言わんばかりに漆黒の長剣を握り締《し》め、覚悟《かくご》を決めた殺気を浴びせてくる。

思考を推測するのなら「オレを瞬殺《しゅんさつ》し即撤退《そくてったい》する」そんな感じであった。

良いだろう。そちらが全力を尽くすというのならば応えるのがゲーマー魂だ。

「オレの中に眠《ねむ》る天使の力よ、今一度その威光《いこう》を使わせてもらうぞ！」

対抗《たいこう》する為に覚悟を決めて、自身の中に眠るトリガーを引く。

消費するのは弾丸《だんがん》ではなく、アバターの根幹を支える〈天命残数《てんめいざんすう》〉。

残り『98』だった残機は、一つ消費される事によって『97』となる。

自身の内に眠っていた〈天使〉の力が外界に解き放たれると、以前と同じ巨大《きょだい》な光の柱が闘技場の上空に突き刺《さ》さった。

無限に供給される〈天の魔力《まりょく》〉がアバターのステータスを大幅に強化する。

付与スキルと〈天使化〉の恩恵《おんけい》、二つが合わさる事で白銀の粒子《りゅうし》が更に勢いを増した。

胸の内を満たすのは、圧倒的な万能感《ばんのう》だった。

この凄《すさ》まじい存在感に、敵味方関係なく闘技場内にいる全ての者が戦いの手を止めて、自分に視線を向けるのが〈感知〉スキルで把握できる。

闇の信仰者達《しんこうしゃたち》は、大災厄の宿敵である天使の降臨に敵意と恐《おそ》れの眼を向けて。

オベロンと妖精達は、崇拝《すうはい》する偉大《いだい》なる天使の降臨に跪く。

冒険者達は、初めて目撃《もくげき》した未知の力に目を奪われ。

親友達は、アレが話に聞いていた〈天使化〉なのかとワクワクした顔をする。

そしてクロとアリアは、泣き腫《は》らした顔でオレの背を精一杯《せいいっぱい》に応援《おうえん》してくれた。

沢山《たくさん》の情報を〈ルシフェル〉を介《かい》することで、脳に負担を掛《か》けることなく処理する最中、真紅の光を纏う強敵は小さな声で呟いた。

『これが……〈白銀の天使〉の真なる姿……』

「ああ、そうだ。これが今のオレが出せる全力だ」

眼前にいる敵を見据《みす》え、愛剣〈シルヴァ・ブレイド〉を構えて一つだけ告げた。

「……さて、悪いが〈天使化〉したんだ。圧倒させてもらうぞ！」

『その力が世界の闇を払《はら》う光に足るか、見せてもらおう！』

地面を蹴《け》ると同時に突進《とつしん》スキル〈ソニック・ソード〉を発動する。

全く同時に同じスキルを使用したオレ達は、正面からぶつかり周囲に大きな衝撃波《しょうげきは》を発生させながら、そこから次のスキルに繋げていく。

『ぐ、なに……!?』

ここでシューペリアナイトの、驚くような声が口からこぼれる。

何故ならば、威力《いりょく》も鋭さも増したスキル攻撃が全てパリィされて、尚且《なおか》つ僅《わず》かな硬直《こうちょく》時間を狙《ねら》って反撃をされるようになったからだ。

先程までは果敢《かかん》に攻《せ》めていたのに、今度は立場が逆転する事となった。その事を理解できないと目を見張る敵に、オレは丁寧《ていねい》に説明してあげた。

「ボスを相手にした場合、先ずしないといけないのは情報を集める事だ。功を焦って初見の技で敗北するのは、プレイヤーにとってよくある話だからな」

『貴様、まさか……』

「お察しの通り、オマエの技は全て見切ったってヤツだよ」

『そんな、そんな事がっ！』

手にした長剣から真紅のスキルエフェクトを放ちながら、シューペリアナイトは四連撃の〈クアッド・ランバス〉を使用する。

突進しながら四種の袈裟《けさ》切りを放ち、最後の一撃から流れる様に繋げるは騎士団長ギオルが見せた金色の六連撃〈ヘキサグラム・ランページ〉。

強化したステータスで残像すら発生させる程の高速移動をしながら、シューペリアナイトは合計で十連続もの超斬撃を披露する。

大抵《たいてい》のプレイヤーならば、ひとたまりもなく八《や》つ裂《ざ》きにされる嵐《あらし》のような猛攻《もうこう》の数々。

だがそれでダメージを与《あた》えられる程、情報収集を終えたオレは甘くなかった。

加えて六連撃に関しては、ギオルのを一度見た事でどんな斬撃なのか知っている。

ムダな力を抜いて斬撃を受け、そのまま次々に受け流す。

少しでも流す方向を間違えたら、姿勢を崩されてしまう紙一重の緊張《きんちょう》感の中で二つ四つ六つと疾風怒濤《しっぷうどとう》の刃を凌いでいく。

そして最後の一撃を振り上げる寸前、これをキャンセルしたシューペリアナイトは刃を横に構え——必殺の刺突《しとつ》技〈ストライク・ソード〉に繋げてみせた。

『〈白銀の天使〉！　これなら、どうだぁ！』

至近距離からの、対応困難な一撃。

正直に言って、避《さ》けるのは容易《たやす》いことであった。

横にステップをして反撃をする、それを行えば戦いに勝利する事はできる。

確実に勝とうと思うのならば、そちらの方が合理的だろう。

だが自分の中にあるゲーマー魂は、そんな温《ぬる》い勝利はつまらないと訴《うった》えかける。

最後に最上の剣技をぶつけ合って、打ち倒すことこそが真の勝利といえるのではないか？

故に上段に構えた剣〈シルヴァ・ブレイド〉を握る手に力を込めると、

「おおおおおおおおおおおおおおおおおおおおおおおっ！」


選択したのは、今まで使う機会のなかった新たなスキル。

何故《なぜ》使わなかったのか、それは強力すぎるが故に長い硬直時間を強《し》いられるから。

刃が放つスキルエフェクトは、鮮烈《せんれつ》な白銀の輝き。

防御力《ぼうぎょりょく》を貫通《かんつう》する効果を持つ、その大技の名は――〈レイジ・スラッシュ〉。

青い輝きを放つ漆黒《しっこく》の長剣《ちょうけん》と、真っ向から衝突《しょうとつ》した白銀の一撃は一瞬だけ拮抗《きっこう》する。

勝利を掴《つか》む為に、思いを込めてオレは雄叫《おたけ》びを上げながら衝突した。

刃に乗せるは、消して負けられない強い信念。

前に、ただひたすらに前に。進む思いを力に変えて剣を握り締め。

そして数秒間の衝突の末、ピキッと亀裂《きれつ》が生じる音が耳に届く。

目の前で根元から粉々に砕《くだ》け散ったのは、敵が持つ〝漆黒の長剣〟だった。

黒い破片《はへん》が飛び散る中、上段から振り下ろした刃で敵の心臓部を狙おうとしたオレは、とある可能性を考慮《こうりょ》して僅かに軌道《きどう》をずらす。

狙いを外した袈裟切りは、急所を外し敵の身体に一本の斜線《しゃせん》を刻む。

当たれば長時間のスタン状態になるはず。

――その刹那《せつな》の事であった。

武器を失ったシューペリアナイトは、なんと左腕を間に挟《はさ》むことで斬撃の勢いを殺しダメージを最小限に抑える選択をした。

しかし〈ストライク・ソード〉よりも強力な一撃は止まる事なく左の前腕《ぜんわん》部を切断し、そのまま真紅の斜線を敵の身に刻《きざ》み込む。

宙を舞いながら、光の粒子となって左腕は消滅《しょうめつ》。

衝撃《しょうげき》で吹っ飛んだシューペリアナイトは地面を転がりながら、目論見《もくろみ》通りＨＰの減少が残り五割程度で停止する。

片腕を失って地面に倒れた敵を見下ろし、硬直時間を課せられて膝を突いたオレは衝撃の余り疑問をこぼした。

「なんで、腕で防御をしたんだよ……」

『少しでもスタン時間を短くするためにチャレンジしてみたが、思っていた以上の威力だったな。……流石《さすが》は、天使長の一撃だ……っ』

自分に課せられた硬直時間は三秒、対して一秒間の硬直で済んだシューペリアナイトは、即座に起き上がると逃走《とうそう》を図《はか》ろうとする。

でも闘技場《とうぎじょう》の出入り口には、すでに妖精達が敵を逃《に》がさないように展開している。

観客席側の戦いも、ほとんど終了《しゅうりょう》している様子だった。

ＶＲＭＭＯのマナーとして、他のプレイヤー達《たち》は手を出さないように観戦しているようだが、この状態で逃げることは先ず不可能だろう。

それでも出入り口を塞《ふさ》ぐ妖精達の包囲網《ほういもう》を前に、シューペリアナイトが突破《とっぱ》しようとストレージから新たに手にしたのは予備の長剣だった。

装飾《そうしょく》で巧妙《こうみょう》にカモフラージュされていて〈洞察〉スキルでは読み取れないが、その剣の形状にはどこか見覚えがある。

「……やっぱり」

これは多分、見間違《みまちが》いなんかではない。

あれは、あの武器は恐らくアリアの義理の姉であり、精霊騎士団《せいれいきしだん》の副団長アハズヤが使用していた長剣──〈シルフィード・ソード〉。

硬直時間が過ぎているのに、衝撃的《しょうげきてき》な光景を目の当たりにして固まる。

全ての者が注目する中で、それでも絶望的な逃走をしようとするシューペリアナイトに投降するように声を掛けようとしたら。

冒険者達の間を駆《か》け抜けて、観客席から馬に乗った一人の黒騎士が降り立った。

予想外の人物の登場に、オレは言葉を失う。

突如《とつじょ》現れたのは、先日教会で別れた黒騎士だった。

なんでこんな場所に……。

いや、それよりもあの立ち位置はシューペリアナイトを助けに来たようにしか見えない。

一方で他のプレイヤー達が、一目でヤバい奴が現れたと警戒する中、

『〈白銀の付与魔術師《ふよまじゅつし》〉、この者の身柄《みがら》は私が預かるぞ』

黒騎士は予想通りシューペリアナイトに手を貸し、空いている後ろの座席に座《すわ》らせた。

なんで二人が……いや、今はそんな事を考えている場合ではない。

せっかくここまで追い詰めたのに、このままでは逃げられてしまう。

そう思ったオレは慌《あわ》てて立ち上がり、〈天翼《てんよく》〉を発動して逃走を阻止《そし》しようとする。

だがそれよりも先に黒騎士は、背中から抜き放った大剣《たいけん》を一閃する。そこから発生した黒い斬撃で、離れた位置にある左翼《さよく》を両断してみせた。

急に片翼を失った事で、危うく転倒《てんとう》しそうになった身体を強靭《きょうじん》な体幹で支える。

ハッキリ言って、抜いてから先が全く見えなかった。

完全に油断していた自分は、十秒間の再生時間を課せられた左翼を見て愕然《がくぜん》となる。

「な、飛ぶ斬撃だと……」

『白銀よ、悪いが邪魔《じゃま》をしないでもらおうか』

「……っ！　おまえ等の目的は、一体何なんだ……!?」

『…………すべては、己が悲願を叶《かな》えるために』

疑問の言葉に対し、黒騎士はそれだけを告げて馬を走らせる。

逃すまいと精霊達《せいれいたち》が身構えるけど『150』もの圧倒的なレベルによって威圧されると彼等は恐怖《きょうふ》に心折れて、その場で人形のように固まった。

プレイヤー達に関しても、アレに無謀《むぼう》に突っ込めば無駄死《むだじ》にすると判断したのか武器を手に誰《だれ》も妨害《ぼうがい》に動こうとはしなかった。

流石に馬を相手に追いかけるのは、自分の足でも無理がある。

二人の姿は、あっという間に東門の向こう側に消える。

いつかきっと、再び相まみえる時がやってくるだろう。

そんな予感がする彼等の背中を、オレは目に焼き付け拳《こぶし》を強く握り締めた。

⑥

闇《やみ》の信仰者達との大きな戦いは終わった。

最終的な死亡者数が発表されたのだが、なんと驚くことにゼロであることが分かった。

制圧された東門の警備兵達、それと国に住む者達全てに死者どころか怪我人《けがにん》すら出ておらず、闘技場での大規模戦闘《せんとう》を除けば他は平和なものだったらしい。

その大きな要因となったのは、やはり敵の指揮官を務めていた〈ダーク・シューペリアナイト〉にあるようだ。

妖精《ようせい》騎士が捕獲《ほかく》した〈ダーク・レフュジー〉によると、リーダーから徹底的《てっていてき》に民間人には被害《ひがい》を出さないように指示が出されていたとの事。

狙いは主に冒険者《ぼうけんしゃ》と兵隊で、大災厄に捧《ささ》げるために街を燃やそうと密《ひそ》かに画策していた者達は、事前にシューペリアナイトによって見せしめに処刑《しょけい》された事が分かった。

オベロン達は一体どういう事なんだと首をひねっていたが、その理由をなんとなく察した自分は口を閉ざした。

この目で見たアレは、あくまでも可能性にすぎない。

取りあえず真相を確かめるためにも、一度〈封印《ふういん》の地〉に寄る必要がある。

長いようで短かった闘《たたか》いの疲労《ひろう》を癒《いや》すと、〈ティターニア国〉を出発する事になった。

出発地点は国の西門、先日に自分達がやってきた方角である。

そこにはオレ達三人をお見送りする為に、なんとオベロンとギオルだけでなく国中の人々が集まっていた。

「お二方のおかげで最悪の事態は免《まぬが》れた。改めて感謝を申し上げる」

目の前に立つ王様は、そう言って『琥珀色《こはくいろ》に輝《かがや》く鍵《かぎ》』を手渡《てわた》す。

すると目の前に通知画面が開かれて【第三クエスト　四宝の鍵】の完了《かんりよう》と、同時に次の【第四クエスト　翡翠《ひすい》の指輪】が開始される。

いよいよ旅の最終目標となる、指輪を手に入れるクエストがやってきた。

手にした鍵を握り締め、盗《ぬす》まれないよう厳重に自分のストレージに収納する。

最初にシルフから貰った〈翡翠の鍵〉。ダンジョンで手に入れた〈真紅の鍵〉と〈瑠璃《るり》の鍵〉。そして最後にオベロンから受け取った〈琥珀の鍵〉。

ストレージに並んだ四つの重要アイテムを眺《なが》めていたら、その様子を見ていたオベロンが実に申し訳なさそうな顔で謝罪をした。

「すまない。本来であれば〈暴食の大災厄〉の討伐《とうばつ》に挑《いど》む者には、古《いにしえ》の力を授《さず》かることができる宝玉を渡さなければいけなかったのだが……」

「古の、力ですか？」

「ああ、詳《くわ》しいことは我にも分からぬが、古より伝わる大きな力を制御《せいぎよ》する事ができるアイテムだと古文書には記されている」

「……すみません。そんな重要なアイテムを、あと一歩の所で逃がしてしまって……」

「気にする必要はない、お主にできなかったのだ。他の者でも結果は同じだっただろう。

それに宝玉の力は、清き心の持ち主でなければ扱《あつか》えないようでな。闇の信仰者《しんこうしゃ》が手に入れたとしても、間違いなく扱う事は出来ないだろう」

苦々しい顔をするオレに、オベロンは優しくフォローしてくれる。

実に有り難《がた》い事ではあるが、〈天使化〉までして逃げられては立つ瀬《せ》がない。

……本当に、あの謎《なぞ》の黒騎士は一体何者なんだ。

最初の〈バアル・ジェネラル〉戦では手助けをしてくれて、二度目に出会った時は鎧《よろい》の呪《のろ》いに悩《なや》んでいる事を明かし、三度目に現れた時は敵を助けて去った。

味方なのか敵なのか、それとも中立的な存在なのかヤツの行動原理が全くわからん。

しかし、いくら考えても答えが出てくることはない。

眉間《みけん》にしわを寄せて、うんうん唸《うな》っていると暗い声が割り込《こ》んだ。

「奪《うば》われたのは私の落ち度だ。ソラ様が気に病《や》む事ではございません……」

「ギオル、お主はいい加減立ち直らぬか」

「いえ、我《わ》が王よ。今の私は道端《みちばた》の石ころのような存在、普通ならば死刑《しけい》にされているはずの無能なんです。どうかお気になさらずに……」

不意を突かれて死にかけたギオルは、宝玉を奪われた責任を感じて先程からずっと正座をしていた。過ぎたことを悔《く》やむなと王から言われても、どうやら気が済むまでこの姿勢でいるつもりらしい。

お手製の「私は無能です」という張り紙を頭に張り付けている姿は、見ていて何とも言えない気持ちにさせられる。

自分も横に並んで正座をするべきなんじゃないか、と思うのだがそこにオベロンが呆れた顔をして言い放った。

「いつまでもくよくよしていると、次にガストと娘《むすめ》に会った時に蹴り飛ばされるぞ」

「それはよろしくありません！　――ああ、オベロン王！　今カメラで撮《と》られた写真を妻と娘に送るのは、どうか勘弁《かんべん》してください！」

「ははは、これが欲しかったら力ずくで奪ってみせろ！」

どこから取り出したのか、デジタルカメラのような四角形のアイテムを両手で持って撮《さつ》影《えい》をしたオベロンに、ギオルは慌ててデータを削除《さくじょ》せんと取っ組み合いを始める。

彼等の激しい攻防《こうぼう》を眺めながら、オレは開いた口が塞がらずにいた。

ガスト団長と結婚《けっこん》してたんかい、オマケに娘までいるのかよ！

まさかの新情報に驚いていると、それまで黙《だま》っていたアリアがくすりと笑って自分の横に並び立った。

「うふふ、そういえばソラ様には話していませんでしたね。ガストさんとギオルさんは夫《ふう》婦《ふ》なんですよ。オマケに二人の間には、今年で十歳《さい》になる女の子がいるんです」

「マジか。それなら尚更《なおさら》、宝玉よりも命が助かった事を喜ぶべきなんじゃ……」

「たしかに、それはそうなのだが……」

オレの言葉に、オベロンに負けて関節技《かんせつ》を決められているギオルは地面を叩《たた》いてギブアップをしながらも浮かぬ顔をする。

そんな彼を見据えながら、王は自身の考えを告げた。

「奪われた物を気にしても意味はない。それよりも我々がやらなければいけないのは、〈白銀の冒険者〉の意思に賛同し、〈暴食の大災厄〉と来るべき決戦を行う際に援軍《えんぐん》として参戦することだと考えている！」

「「「……っ」」」

オベロンの衝撃的な言葉に、ギオルを含む妖精達《ようせいたち》が大きくざわめく。

その中で彼は、更に自身がこれから戦いに向けて何をしないといけないのか、〈大災厄〉を倒《たお》す為に何が必要なのかを声高らかに叫《さけ》んだ。

「だが敵の力は未知数、故に妖精族と精霊族《せいれい》だけではなく〝冒険者達を森の中に入れるようにする事〟が何よりも必要な事だ！」

「王よ、それはつまり〈古の結界〉をどうにかするという事ですか⁉」

「ああ、その通りだ。そして解決方法も前々から集めていた古文書の中から、それらしきものを発見し既《すで》に城の者が解読を始めている」

仕事はやっ⁉

……って前々から集めていたって、王様なりにアリアを救う方法を探していたのか？

力強く演説する王様に他の妖精達は賛同し、見物客として足を運んだプレイヤー達は

「何か大きなイベントが始まるのか」と期待に満ちた声を上げる。

たしかに他のプレイヤー達、それも師匠《ししょう》とシオが率いるトップクラン勢が参戦できるとしたら勝率は大きく上がると思う。

周りが盛り上がるのを見て、オレも胸の中に熱いモノが込み上げてくるのを感じた。

「オベロン王、すみません。ありがとうございます」

「謝罪も礼もいらぬ。大事な娘を守りたい気持ちで、後から現れたお主に後《おく》れを取りたくないと思っただけだからな」

飾《かざ》らない本心を口にしたオベロンに、クロとアリアと共に苦笑《くしょう》してしまう。

でも運命に抗《あらが》おうとする姿勢を、自分はとてもカッコイイと思った（ギオルに関節技を決めながらなので、感動は半減しているけど）。

「では、そろそろ出発します。色々とあったけどすごく楽しかったです、オベロン王」

「パーティー、すごく楽しかった！」

クロと共に背を向けて、オレ達は〈エアリアル国〉に向けて歩き出す。

ただ一人だけ、スタートを遅《おく》らせたお姫様《ひめさま》は父親を力いっぱい抱《だ》き締めると、

「──お父様、わたくし心に決めました。巫女《みこ》として命を捧げるのではなく、ソラ様達の友人として精一杯己《せいいっぱいおのれ》の運命に抗《いと》ってみます！」

「……うむ、行きなさい我の愛しい娘よ！」

父と約束を交《か》わしたアリアは、離《はな》れて駆け足で待っているオレ達の所までやって来る。

金色の目に浮《う》かんだ涙《なみだ》を指で拭《ぬぐ》った後には、自身のさだめと戦う決意をした、立派な二国を背負う姫の姿があった。

多くの者達が、その光景に涙を流しながら声援《せいえん》を送ってくれる。

たった二日しか滞在《たいざい》しなかったけど、沢山の出会いと思い出ができた。

同時に新たな問題も発生したが、この二人とならきっと乗り越《こ》えられると思う。

わざわざ東門の上に登って手を振《ふ》る親友達に、クスッと笑《え》みをこぼしながらオレとクロは、アリアに手を引かれて次の冒険《ぼうけん》を目指した。

エピローグ◆それぞれの願い

翌日の夜に〈エアリアル国〉に着いたオレ達は、沢山の精霊達に無事の帰還《きかん》を歓迎《かんげい》されながら、シルフとガストが待つ城に向かった。

王の間で二人は笑顔《えがお》で出迎《でむか》えてくれて、パーティーのリーダーである自分は、先《ま》ず今回の旅で何があったのか全て報告した。

四つの鍵を無事に集められた事、闘技場で起きた事の一部始終。

そして何よりもアリアが秘《ひ》めていた巫女が背負う宿命。それを回避するために〈暴食の大災厄〉を倒すと約束した事まで。

全てを聞いた二人は真剣《しんけん》な顔でオレの意思に同意すると、少しでも大災厄の討伐に役立つような情報を文献《ぶんけん》から探す事を約束してくれた。

「しかし、宝玉を奪った〈ダーク・シューペリアナイト〉とソレを助けた黒騎士《きし》か。……大災厄の復活が迫《せま》っているというのに、とんでもない厄介《やっかい》ごとが増えたものだ」

「宝玉に関してはたとえ使用条件を本人が満たしていたとしても、この国で保管している

〈精霊の宝玉〉が無ければ、真の力を発揮する事はできません。そのありかは私しか知らないので、それが奪われる心配はないでしょう」

なんだかゲームの展開的に奪われるフラグにしか聞えないが、余計な事を言って逆効果になるのはとても嫌《いや》なので今回は黙っておくことにする。

――それと宝玉を奪った敵がアハズヤの剣を持っていた事に関してだが、目撃したのが自分だけだったので、今回は胸の内に秘めておく事にした。

残念ながら帰還途中《とちゅう》〈封印の地〉に寄った時、彼女《かのじょ》は〈ダーク・レフュジー〉の討伐任務で留守にしていたので会って真偽《しんぎ》を確かめる事はできなかったけど。オレはどうしても、あの人がアリアの敵になる可能性を考えられずにいる。

一緒《いっしょ》に旅をしていたからこそ、アリアに実の妹のように接していた彼女の事を信じたい。

あの光景が、実はウソだったなんて思いたくない。

それにシューペリアナイトは、ずっとアリアの事を見ていた。

本当に敵に回ったのなら彼女の事を無視して、逃げるか邪魔をするオレを全力で排除《はいじょ》しに来ていたはずだ。

きっと何か、理由があるはずなんだ。

彼女が本気だったら、ギオルだってあの時に死んでいた。

　後に彼自身が、急所に当たっていたらクリティカル判定で死んでいたと供述していた事から、本気ではなかったことが窺《うかが》えるのだから。

「宝玉の件は心配いらないとして、一番の問題はやはり黒騎士の方だな」

「そうですね、ガスト。恐らく〈ダーク・シューペリアナイト〉に協力しているのは、ソラ様から聞いた、鎧に付与《ふよ》された呪いに関係しているのでしょう」

「……しかし、呪いならば教会の〈大司教〉に頼《たの》めば済むと思うのだが。高レベルなのに未《いま》だに身に着けているという事は、相当たちが悪いモノらしい」

「恐らくは、〈最古の呪い〉の可能性がありますね」

「最古の……。鎧の形状をしている事から推察するに、神話の混沌《こんとん》とした時代に作られた〈エンシェントアイテム〉の可能性が大だな」

　深い溜息《ためいき》を吐《つ》きガストが苦々しい顔をすると、シルフは頷《うなず》いてみせた。

「はい、現代よりも高度な技術が使われた古代のアイテムなら納得《なっとく》できますね。宝玉の力なら強力な呪いをなんとかできると、言われたのでしょうか？」

「うーん。宝玉は大災厄《さいやく》に対抗する力をコントロールするものと聞いているが、果たして呪いを消し去る力があるのかどうか……。まぁ、あれこれ考えても仕方がない。この件に関しては、私も後で調べておこう」

「そうですね。三人とも長旅で疲《つか》れているようですし、外も真っ暗なので今日はこの辺で閉会して、また明日にでもお話を聞かせてもらいましょう」

シルフとガストの話が終わると、後日に冒険の話をする約束をして以前使わせてもらった城内にある客室でログアウトする事にした。

王の間を出る際に、アリアはシルフと話があるからと言って部屋に一人だけ残る。

仲の良い親子の姿を尻目《しりめ》に退出すると、真っすぐに目的の客室に向かう。

だがそこで、隣《となり》にいるクロの様子が変な事に気が付く。

「クロ、どうかしたか？」

「う、ううん。なんでもないよ！」

二人の様子を、どこか羨《うらや》ましそうな顔で見ていたクロに声を掛けると、彼女はびっくりして首を左右にブンブン振りながら道を先行する。

「ごめんね、ちょっとボーッとしちゃった！」

現実世界で彼女が抱《かか》えている事情を知るオレは、そのうわべだけの元気に振る舞《ま》う姿に何とも言えない気持ちになった。

現実世界に戻《もど》って、いつものように詩織《しおり》に手助けをされる形で風呂《ふろ》を済ませたら、オレはクロが振る舞ってくれた料理を食べて自室に戻った。

「ああ、美味《うま》かったな……」

クロの料理の腕前《うでまえ》は、詩織と同じくらいに高い。母親から教わったというお手製の牛肉コロッケは、美味《おい》しすぎてご飯を三杯《ばい》もお代わりしてしまった。

……思えば、母さんや詩織以外の人の料理を食べるのは実に三年ぶりだ。

昔はとある少女が家に押《お》しかけると、詩織とバチバチに張り合って料理対決をして毎回それに巻き込まれた自分が大変な目にあっていた。

あの頃の楽しかった出来事を懐《なつ》かしく思いながら、二階にある自室に戻ってきたオレはベッドの上で手足を大の字に伸《の》ばして寝転《ねころ》がった。

詩織に見られたら間違いなく「足をそんな開いて、はしたないわね！」と怒《おこ》られるだろうが、今は誰の目も気にする必要はないので全力で脱力《だつりょく》する。

「ふう……それにしても、ガスト騎士《きし》団長と女王様から面白《おもしろ》い話を聞けたな」

面白い話と言うのは他でもない。なにやら超《ちょう》レアな気配がプンプンする〈エンシェントアイテム〉という新ワードのことである。

おいおい、神話の時代に作られた古代のアイテムとか胸熱すぎるだろ。

あの後にすぐルシフェルに、そういった特殊《とくしゅ》なアイテムはどこで入手できるのか尋《たず》ねると、彼女は頭の中で少し呆れたような感じで答えてくれた。

『――入手するには古代の遺跡《いせき》を探すのが良いと思います。ただそういったダンジョンは最上位の難易度に設定されているので、それなりの準備をしなければムダに〈天命残数《てんめいざんすう》〉を減らす事になると思いますが』

遠回しに今のオレでは無理と言われたような気がするけど、レアアイテムの為《ため》ならばたとえ火山の中や深海の底だろうが全力で取りに行く所存だ。

良いね良いね！　こういう特別で面白そうなものは大好きだ！

ちなみに今回の旅で獲得《かくとく》した一番の報酬《ほうしゅう》である〈ニンフェインゴット〉に関しては、何に使うのか未だに考えている最中である。

「個人的には、グローブを強化するのに使いたいかなー」

頭の中に浮かぶ選択肢は、鍛冶屋《かじや》に頼んで防具にするか、今装備している衣類などに金属パーツを追加するかの二択《たく》だった。

こうやって入手したアイテムの使い道を悩んでいるだけでも、軽く数日くらいは過ごせてしまうのだから、ゲームというのは実に楽しい。

攻略本《こうりゃくぼん》なんて読み出したら一日経《た》ってしまうし、発売予定のゲームリストなんて一日中眺めていても全く飽《あ》きない。

数年前の夏休みなんて〈スカイ・ハイファンタジー〉のスケジュールで休み期間中の日程が埋《う》まっていたくらいだった。

もちろん、流石に家族や友人と出かける予定が入ると、そちらを優先させたけど。

「……それにしても、クロは大丈夫《だいじょうぶ》かな。部屋に様子を見に行った方が良いか？」

両親が不在の彼女にとって、アリアと両親が接する光景を見るのは精神的に辛《つら》いと思う。かといって一緒にいる以上は避けられる事ではないし、ましてやアリアに配慮《はいりょ》してほしいなんて事は絶対に言う事はできない。

難しい問題だな、と思いながら真白な天井《てんじょう》を眺めていると不意に部屋のドアが小さくコンコンと二回ノックされた。

妹の詩織なら、こんな礼儀《れいぎ》正《ただ》しいことはせずに遠慮《えんりょ》なく扉《とびら》を開ける。

だから部屋の前にいるのが誰なのかは、考えるまでもなく容易に答えを出せる。

入って良いよと許可を出したら、ゆっくり開いた扉の向こうには予想した通り、お気に入りのパジャマに身を包んだ少女——クロが立っていた。

数日前にも彼女が夜遅《よるおそ》くに、この部屋にやって来たことを覚えている。その時のことが脳裏《のうり》に浮かび、まるで再放送のようだと苦笑した。

浮かない表情をした白金の少女は、無言で中に入ってきてベッドの縁《ふち》に腰掛《こしか》ける。

その隣では心配している様子の我が家《や》の白猫《しろねこ》が、ずっとすり寄っていた。

いつも飯と甘《あま》える時以外は寄って来ないシロが、ああいう風に人の事を心配している時は、かなり相手が精神的に参っている時である。

無言で転がってベッドにスペースを作ると、クロは俯《うつむ》きながらとても小さく消えそうな声で「ありがとう」と礼を口にして横になった。

背中を向けて寝転がる彼女が、今どんな表情をしているのかは全く分からない。

何となく声を掛けづらい雰囲気《ふんいき》にのまれてしまい、声を掛けるタイミングを見失っていると時々すすり泣くような音が聞こえて来た。

どうしてクロが泣いているのか。その理由は恐らくだが連日アリアと両親が接する姿を見て両親の事を思い出したからだろう。

（どうにかしてやりたいけど、こればっかりはなぁ……）

ゲーム内ならば自信をもってどうにかすると断言するが、現実世界の問題に関して自分は全くもって無力である。

正直に言ってなにを言っても、気休めにもならない気がする。

こういう時は、どうしたら良いんだろうか？

でも分からないからといって、彼女の事を見て見ぬ振りなんてできない。

そこで色々と考えた結果、妹が落ち込んでいる時にいつもするように左手を伸ばしてクロの頭を優《やさ》しく撫《な》でてみた。

手入れの行き届いた綺麗《きれい》な髪《かみ》に指が触《ふ》れた瞬間《しゅんかん》、以前と同じように少しだけビクッと彼女の身体が震《ふる》える。

これも既視感《きしかん》のある光景だと思いながら、苦笑交じりに撫でていると、

――しばらくしてクロは、振り返るとオレの胸に顔をうずめた。

別室にいる詩織には聞かれないように、小さな声で「パパ……ママ……」と泣く少女の姿に胸を痛めながら黙って抱き締《し》める。

無理もないと思った。なんせ半年以上も両親と離《はな》れ離《ばな》れになっている状態で、世界に大異変を引き起こしている〈アストラル・オンライン〉では、冒険者に選ばれて逃《のが》れられない戦いに身を投じているのだから。

普段《ふだん》は見せないクロの実に痛々しい姿に、小さな胸がギュッと締め付けられる。

「……オレは絶対にいなくならないから、キミの両親が帰って来るまでずっと側で守るよ」

涙を流す少女を抱き締め、けしてこの約束は破らないと心に誓《ちか》う。

それが兄弟子《あにでし》であり、パートナーである自分の責務だから。

②

荒《あ》れた花畑の中心に、二つの人影《ひとかげ》が立っている。

一人は漆黒のローブに仮面を付けた、隻腕《せきわん》の長剣使い〈ダーク・シューペリアナイト〉。

そしてもう一人は、呪われし漆黒の鎧を纏《まと》った大剣使いの騎士であった。

武器を手にした二人の周りには、騎士と似たような黒い鎧を纏った者達がＨＰゼロになった状態で倒れている。

その内の一人が、光の粒子《りゅうし》に変わりながら呪詛《じゅそ》を吐くように呟《つぶや》いた。

『く、狂《くる》った天上の化物が……』

一つしかない天命を散らした騎士は、この世界から跡形《あとかた》もなく消滅する。

他の騎士達も消滅して、残ったのはシューペリアナイトと黒騎士だけとなった。

『はぁ、はぁ……まったく、貴様も厄介な奴《やつ》らを敵に回したものだな……』

『その言葉は貴女《あなた》にも、そっくりそのまま返そう。なんせこの戦いの前に〈宝玉〉を闇の信仰者《しんこうしゃ》達の幹部〈ダーク・カーネル〉に渡《わた》さず、切り殺したのだから』

『……ふん、奴が私の逆鱗《げきりん》に触れたのが悪い』

『ふふふ、それにしても見事な一撃《いちげき》だったぞ。邪魔になる巫女を排除しろと言った瞬間に、剣を抜《ぬ》いて首を切り落としたのは』

『……………』

黒騎士の言葉に、シューペリアナイトは口を閉ざす。

これ以上イジると今度は刃《やいば》が此方《こちら》にも向きそうだと危険を察知して、黒騎士はシューペリアナイトが手にしている宝玉に視線を向けた。

『しかし、大災厄を払《はら》う力ならば呪いごとき簡単に消し飛ばせると思ったのだが、二つないと効果を発揮できない上に〈暴食の大災厄〉にしか効果がないとは。やはり物事は、そう簡単にはいかないものだな……』

『すまない。協力してもらったのに、力になる事が出来なくて』

『貴女が謝《あやま》る事ではない。何せ僅《わず》かでも希望があるならと協力の言葉に乗ったのは私だ。それにまだ、この地には可能性が残っている』

そう言って黒騎士は、シューペリアナイトに背を向ける。

鋭《するど》い双眸《そうぼう》が見据《みす》えるは、精霊の森の南東の方角であった。

それだけで全てを察した彼女は、離れた所に待機させている馬に向かう彼に声を掛《か》けた。

『……もう行くのか、〈翡翠の指輪〉が眠《ねむ》る風の神殿《しんでん》に？』

『ああ、早く離ればなれになった妻を捜す為にも、先ずはこのくそったれな呪いが付与された鎧を、どうにかしないといけないからな』

『わかった。幸運を祈《いの》る、世界に囚《とら》われし天上の騎士よ』

『そちらこそ、部下達と上手《うま》く立ち回るんだな』

背を向けた黒騎士は振り返らずに、右手の親指を天に突《つ》き立て愛馬の下に向かう。

娘が大好きだった花を、踏《ふ》まない様に気を付けながら。

『まったく、一体いつになったらこの悪夢から解き放たれて元の世界に戻れるんだ……』

夜空に輝く星々を見上げた彼は、小さな声で胸の内に抱く深い悲しみをこぼす。

口にするは三か月もの間、行方《ゆくえ》が分からなくなってしまった妻の名前と、異なる世界に置き去りにしてしまった、たった一人の娘の名前。

妻の名は『アリサ』そして娘の名前は、――『黎乃』だった。

【あとがき】

神無です。

第二巻となる〈アストラル・オンライン〉を読んで頂き、誠にありがとうございます。

今回は二ページ頂けました！　二ページと言えば千字も書けちゃうので、何を書いたら良いのかさっぱりわかりません、助けて！

という事で、完全書下ろしとなった第二巻について話をしようかなと思います。

ＷＥＢ版では名前は出てきても、全く本編に出て来る事なく終わった妖精国。せっかく書籍化するのだからと、今回はストーリーに絡んで頂きました。

それで妖精国に行くなら親友二人とも会うよね？

会ったらクロにリベンジする事になるよね？

と必要なイベントを詰め込んでいったらページ数が増えていきました。

もう少しオベロンにスポットを当てた方が良かったかな、とか反省点は数えたらあり過ぎて困るくらいですが、何とか綺麗にまとまったんじゃないかなと思いたいです。

ＷＥＢ版にいないアハズヤは、今回物語に深みを出す為に誕生した苦労人です。彼女を通して、アリアという不遇で幸運な姫の事をより好きになって頂けたら幸いです。

何より物語に出てくる頼れる姉キャラって良いですよね！

私はロリキャラ派ですが！

ちなみにこれ親戚に読まれてるらしいですよ、こんな事書いて大丈夫なのか？

でも他に書く事ないからね、仕方ないね。ドン引きしてください。

担当の編集者さんにはこう言われました、作品は自分の性癖を全面的に出すものだと。

お風呂多くね？　ムダにラッキースケベ多くね？

と思われた方々は、大体作者の性癖問題なので諦めて下さい。

おまえ、これ読まれて大丈夫なのかと思われるかもしれませんが、そもそも本文を読まれてる時点で恥じらうのも今さらです。

イラストを担当して頂いた、珀石碧先生。今回もキャラデザ、イメージピッタリの挿絵を描いて頂きありがとうございます。

担当の編集者様、今回も沢山お世話になりました。

最後に何よりも、この本と第一巻をお手に取ってくださった読者様に最上の感謝を！

それでは、ここまで読んで下さり、誠にありがとうございました。

HJ文庫 https://firecross.jp/
1060

アストラル・オンライン 2 魔王の呪いで最強美少女になったオレ、最弱職だがチートスキルで超成長して無双する

2023年1月1日 初版発行

著者――神無フム

発行者―松下大介
発行所―株式会社ホビージャパン

〒151-0053
東京都渋谷区代々木2-15-8
電話 03(5304)7604(編集)
03(5304)9112(営業)

印刷所――大日本印刷株式会社

装丁――coil/株式会社エストール

ISBN978-4-7986-3045-8 C0193

HJ文庫毎月1日発売！

美少女にTS転生したから大女優を目指す！1

著者／武藤かんぬき
イラスト／あって⇓七草

どん底のおじさんが人生やり直したら美少女に!?

病に倒れて死に瀕していた主人公・松田圭史。彼は病床でこれまでの人生を後悔と共に振り返っていた。どうしてこうなってしまったのか、女性に生まれていたらもっと——そう考えた瞬間、どこからともなく声が聞こえて松田の意識は闇に飲まれる。次に目が覚めた瞬間、彼は昔住んでいた懐かしいアパートの一室にいた。その姿を女児の赤ん坊に変えて。

発行：株式会社ホビージャパン